徳川埋蔵金はここにある

歴史はバーで作られる2

鯨統一郎

双葉文庫

目　次

徳川埋蔵金はここにある

歴史はバーで作られる2

竜とドラゴンは別の生物

若い女性と老人が濃厚なキスをしている場面を目撃してしまった。

これで二度目だ。

だけど喜多川《きたがわ》先生に言っても信じてもらえないだろう。前も信じてもらえなかったし。

(無理もない)

と僕は思う。単なるやっかみかもしれないけれど生命力に溢れる若い女性と生命力が涸《か》れかかっている痩《や》せた老人が抱きあいキスをするなど普通はありえない事だろう。

実際にこの目で見た僕も最初は単なる見間違いだと思ったぐらいだ。

(いや、本当に見間違いなんじゃないか?)

そう思いたい。

ここは〈シベール〉という渋谷区道玄坂《どうげんざか》にあるバーだ。

僕が先導隊よろしく喜多川先生に先だって〈シベール〉のドアを開けるとバーテンダーである若い女性と男性客の老人がスツールに並んでキスをしていた……のだ。

日曜日――。

喜多川先生が渋谷区の〈けやき会館〉で禅寺をテーマにした講演会を催した帰り道に助手役を務める僕と二人でフラリと立ち寄ったバー。

喜多川猛《たけし》先生は三十五歳。帝桜《ていおう》大学の史学科の教授にして新進気鋭の歴史学者だ。背が高く体格もいい。社会人のラグビーチームに所属していると言われても納得してしまいそうだ。顔の造りも大きくて頬骨が出ている。大きな目から発せられる光は強い意志を表している。

僕は安田学《やすだまなぶ》。喜多川先生の下で歴史を学んでいる史学科の三年生だ。小柄で童顔だから高校生に見られがちなのが悩みの種だ。学業優秀な僕は喜多川先生に目をかけられて講演会の手伝いなどを任される事も多いのだ。僕が喜多川先生の助手を自任する所以《ゆえん》である。

実はこのバーを訪れるのは六度目だ。

記念すべき、と言っていいのかどうか判らないけれど初めて訪れてドアを開けた時に今と同じようにバーテンダーのうら若き女性と男性客である老人とが抱きあってキスをしている場面を目撃してしまったのだ。

その時は見間違いという事になってしまったのだが……。

「いらっしゃいませ」

バーテンダーの女性……ミサキさんが元気な声で出迎える。先ほどまで濃厚なキスをしていたとは思えない顔で。

黒いミニのタイトスカートを穿いたミサキさんは上半身は白いシャツに黒いジャケッ

トを合わせている。年齢は二十代半ばに見える。身長は百六十センチほどだろうか。華《きゃ》奢《しゃ》ではあるけれど、その白い肌は柔らかそうだ。目が大きく鼻筋が通り唇は形がよく、それらのパーツがバランスよく収まっている。顔の輪郭は卵形で肌も剝き卵のようにツルンとしている。

ようするに、かなりの美人だ。

ミサキさんは何事もなかったかのようにスツールから立ちあがってカウンターの中に戻った。

〝ミサキ〟が岬などの名字なのか美咲などの下の名前なのかは判らない。他の客から〝ミサキさん〟と呼ばれていたのを僕も踏襲しているまでだ。

奥のスツールに坐る老人（ミサキさんの事を〝ミサキさん〟と呼んだ〝他の客〟は実はこの老人なのだが）村木《むらき》春造《しゅんぞう》も平然と我々に会釈をしている。

村木老人はかなり痩せていて一見、枯れ木を思わせる。皺の目立つ顔だけど目は丸くて愛嬌がある。飄《ひょう》々《ひょう》とした佇まいで、どこか上品そうでもある。

（どこかで見た顔だ）

ふとそう思った。

（もしかしたら歴史学者だという触れこみは案外、本当なのかもしれないぞ）

ミサキさんの紹介によると村木老人は歴史学者だそうだけど本物の歴史学者である喜

ウィスキーだ。

多川先生と史学科の学生である僕が知らないぐらいだから何の業績もない市井《しせい》のアマチュア研究家だと思っていたのだ。

「グレンフィディックをロックでもらおうか」

スツールに坐るなり喜多川先生が注文する。喜多川先生お気に入りのシングルモルトウィスキーだ。

どうやら喜多川先生は今回も二人のキスを見ていないようだ。

ミサキさんも村木老人もキスなどしていなかったかのように平然としている。〝何事もなかった〟で通そうとしているようだ。

「かしこまりました」

ミサキさんの振る舞いは潑剌《はつらつ》としていて、それでいて知性と品性を感じさせる。

（だけど……）

僕には先ほど村木老人とキスをしていたミサキさんが竜……ドラゴンに見えたのだ。

（哀れな老人を飲みこむドラゴン……）

本来ならば逆の発想になるだろう。哀れな老人ではなく若い女性とキスできた幸せな老人と。

（だけど……）

僕にはなぜだかミサキさんがドラゴンに見えた。こんなに美人なミサキさんが……。

「安田くんはハイボールでいいわね？」

微妙な気分だ。

いつものように喜多川先生の奢《おご》りだろうから喜多川先生と同じグレンフィディックを頼むのは気が引ける。

（グレンフィディックが貧乏学生の僕には分不相応なお酒だという認識はある）

だけどいきなりハイボールと決めつけられても……。

ハイボールというのは簡単に言えばウィスキーをソーダで割ったものだ。

たしかにハイボールはリーズナブルで口当たりが良くて人気のあるお酒ではあるけれど店の人に決めつけられたくはない。

「どうぞ」

返事をする間もなくミサキさんが喜多川先生にグレンフィディックのロック、僕にハイボールを差しだした。相変わらずの早業だ。

「今夜は祝杯だ」

喜多川先生が言った。

祝杯？　何かあったっけ？　思いつかない。

「何かいい事があったんですか？」

当然ながらミサキさんも判らないようだ。

「巨人が大逆転勝利を収めたからな。さっきスマホで確認できた」

「あら、喜多川先生は巨人ファンですか」

「原監督が現役の頃からのね」

普通だったら〞大逆転勝利おめでとうございます〟ぐらいの言葉があってもおかしくないのにミサキさんは何も言わない。

喜多川先生もミサキさんの反応が薄いのが不満のようだ。

「君は野球に興味がないのかね？」

「あたしは西武ファンです」

「そうだったのか」

「村木先生は中日ファンです」

「あ」

喜多川先生が思わず声をあげた。

「どうしたんですか？　喜多川先生」

僕の質問に喜多川先生がニヤリと笑みを浮かべた。

「野球に興味のない君でも今日の巨人の相手が中日だって事は知っているだろう」

「そうだったんですか。知りませんでした」

「知らなかったのか。まあいい。しかし、そこのご老人が中日ファンだったとは」

「高木守道が現役の頃からのファンでしてね」

それが誰なのか、まったく心当たりがない。

「村木先生も中日が勝つとドラゴンズの応援歌を口遊《くちずさ》む事がありますよね」

「そうだったかな」

ドラゴンズが中日の愛称だという事は辛うじて知っている。巨人はジャイアンツで中日はドラゴンズ。西武ライオンズも知っている。

「安田くんはドラゴンズの応援歌なんて知らないでしょう」

「〝摑もうぜドラゴンボール〟なら知ってるけど」

「それは『ドラゴンボール』でしょう」

「それしか知らない」

「あたしも『ドラゴンボール』はアニメを観てましたけど」

世代なのか？　僕はリアルタイムでは観ていない。主題歌はカラオケで覚えたぐらいだ。

「どんな漫画ですか？」

強者がいた。

（村木老人は『ドラゴンボール』自体を知らないのか）

『ドラゴンボール』は〈週刊少年ジャンプ〉に昭和五十九年（一九八四年）から十年以

上に亘《わた》って連載された漫画だ。連載中から絶大な人気を誇りアニメ化もされハリウッドで映画化もされた。

七つ集めると神龍《シエンロン》が現れ、どんな願いでも一つだけ叶えてくれるという秘宝・ドラゴンボールをめぐる格闘漫画だ。

「『ドラゴンボール』のボール……ドラゴンのボールって、そもそも何なんですか？」

「え、アニメを観てたんじゃないの？」

「ところどころ観てただけだから肝心なところは覚えてなくて」

「そうなんだ」

ミサキさんと、こんなに親しく会話をしている事ってあっただろうか？

おそらく初めてだ。

「ドラゴンボールっていうのは文字通り玉だよ。竜が持ってる玉。『ドラゴンボール』では、その玉を七つ集めるとドラゴンが現れるんだ」

「竜って玉を持ってるんですか？」

頭が痛くなってきた。

「君は竜の絵を見た事がないのか？」

僕とミサキさんの会話を聞いていた喜多川先生が、たまりかねて思わずミサキさんに尋ねた。

「見た事はありますけど……そういえば足に何か丸い物を摑んでいたような気がします」

ミサキさんがグラスの中の液体を一口飲んだ。

（バーテンダーが勝手に酒を飲むこの店のシステムは健在か）

しかも飲んでいるのはグレンフィディックのロックのような気がする。いいけど。

「あの玉は何なんですか？　何のために持ってるんですか？」

「しょうがないな」

喜多川先生は嫌々という素振りを見せながらも説明する気満々と見た。人に物を教えるのは教職に就く者の本能だからだ。だけど嫌々という素振りを見せる気持ちも判る。これから教えようとしているのは今日の〈けやき会館〉での講演内容と重複するからだ。

「あの玉は宝珠だ」

「ホージュ？」

「宝の珠《たま》。もう少し詳しく言うと如意宝珠」

「御意」

如意と御意を掛けたのか？

ミサキさんは時たま意味不明のギャグを放つから油断ができない。

「どんな願いも叶える珠と言われている」

「どんな願いも……」

ミサキさんがウットリしたような顔で喜多川先生の発言をなぞった。

「この珠は竜王の脳から取れると言われているんだ」

「脳から？」

「そうだ」

「真珠みたい」

たしか真珠もアコヤガイなどの貝の体内で生成されるはずだ。

「でも脳からムリヤリ取ったら、その個体は死んでしまいますよ。普通に考えたら」

ミサキさんはどうして学界の権威である喜多川先生の御言葉を素直に聞けないのだろう？

「頭を切開するって事ですから」

「そんなに現実的に考えなくてもいいでしょう」

僕が喜多川先生に代わってミサキさんを窘《たしな》めた。

「でした。竜は架空の生きものですもんね」

ミサキさんはペロッと舌を出した。

（可愛い）

いや相手は成人女性だ。〝可愛い〟はない。それに飲食店の従業員として客の前で舌を出す事は御法度だ。ミサキさんだから許される……わけではない。

「そもそも竜って何なんですか？」

出た。ミサキさんのそもそも攻撃。

「中国で古代から語り継がれる想像上の動物だ」

そんなド素人丸出しのミサキさんの質問にも丁寧に答える大人の喜多川先生。

「もちろん竜の概念は中国から日本にも伝わった。四、五世紀頃のことだ」

「竜宮さま……水を司る水神ですね」

「そうだ。沼に潜む竜は雨乞いにも呼びだされた」

「沼に潜む……」

ミサキさんは何かビジュアルイメージを思い浮かべている様子だ。

「旱魃《かんばつ》で田畑が干上がるのを雨で救うのが竜というわけだ」

僕は喜多川先生の的確な説明を感心して聞いている。

「宝珠は竜の顎の下に隠されているとも言われるが絵柄的には足に持っているものが多い。天に昇った竜は宝珠を取りに行って帰ってくるとも言われているから竜は玉を足に持っているというわけだ」

「勉強になります」

店の代金も勉強してもらいたい。

「禅寺の本山で法堂《はっとう》の天井に竜が描かれているのは竜は仏教を守護するとも言われているせいだ」

「京都のお寺で見た事があります。あれは東福寺だったかしら？」

「まさに東福寺の法堂の天井に描かれているのが足に玉を持っている竜だ」

「そうだったんですね！」

　ミサキさんが目を輝かせて両手を胸の前で叩いた。

「所詮は架空の話だが」

「ですね」

「私はね」

　村木老人が存在感を誇示しようとしている。

「竜は架空の存在ではなくて太古の昔に実際に生息していた現実的な生物だったんじゃないかって思ってるんですよ」

　えーと。

　村木老人が何を言ったのか理解できない。

　竜が実際の生物？

　村木老人は何を言いだすのだろう？

　ジョークのつもりか？　僕には理解できないセンスだけど。

それともSFかファンタジー小説でも書こうというのだろうか？　そのアイデアを披露した？

あるいは単なる僕の聞き間違い？

「おつまみは何をもらおうかな」

喜多川先生がメニューに手を伸ばす。村木老人の戯《ざ》れ言《ごと》を端から無視している。

(痛快だ)

僕はほくそ笑んだ。

竜が実在したなどという戯れ言は無視していい話題だろう。

「こちらをどうぞ」

相変わらず客の意向を無視して勝手につまみを提供するシステムも健在らしい。

「何だね？　これは」

「アリゲーターのホイル焼きです」

「アリゲーター……」

何を考えているのだ、ミサキさんは。アリゲーターと言えばワニではないか。そんなゲテモノを客に提供するなんて。

「いただこう」

え……。

（いただくんだ）

さすが人間ができた喜多川先生。店側の折角の厚意を無にしないという心配りだろう。客がそこまで気を配る必要もないけど……。

これは食べ物に好き嫌いのない喜多川先生だからこそできる心配りとも言える。

「うまいね」

香ばしい匂いが漂ってきた。

「安田くんもどうぞ」

「いただきます」

喜多川先生が受けいれているのに僕だけ拒否するわけにもいかない。

それに〝安田くん〟呼びも嬉しかったし。

「あ、おいしい」

鶏肉に近い味がする。

「よかった。低脂肪、低カロリー、高蛋白質《たんぱく》の健康食なんですよ」

ミサキさんがニコッと笑う。

この笑顔を見るために僕はこの店にまた足を運んだ……わけではけっしてない！

なぜか心の中で力説。

「それで村木先生」

村木老人を無視していないのはミサキさんだけだ。

「竜が実在したっていう根拠は何なんですか？」

僕はハイボールを噴きだした。

ミサキさんが幼い我が子を「メッ」と叱るママのような目で僕を睨んでいる。

「す、すみません」

立ちあがりかけた僕にミサキさんがカウンター越しにおしぼりを差しだす。僕はそのおしぼりを受けとるとカウンターの上を拭いた。

「でも、あんまり荒唐無稽な話にミサキさんがまともに受け答えをしているから」

「荒唐無稽に思える話でも村木先生ほどの歴史学者が唱えた説は傾聴に値すると思うんです」

ミサキさんがどこまで本気で言っているのか皆目、見当がつかない。〝村木先生ほどの歴史学者〟というのは店の人間が客に向かって放つお世辞だとしても〝竜が実在した〟という妄想に根拠などあるわけがない。

「どうですか？　村木先生」

だけどミサキさんは愛想とも思えぬ真面目な面持ちで村木老人に尋ねる。

「伝説が残っているという事が最大の根拠です」

はあ？

何だそりゃ。伝説だけを根拠にされたら、どんな荒唐無稽な話も〝実際にありえた話〟になってしまうではないか。

「伝説が根拠？」

さすがのミサキさんも疑問を呈したか。

「なるほどねえ」

〝なるほどねえ〟じゃないよ！

「言われてみればそうですよねえ。火のない所に煙は立たないと言いますからねえ」

頭が痛くなってきた。語尾の〝ねえ〟が気持ち甘ったるいのも気になる。

「でも村木先生」

お。同意したと見せかけて反論か？

「竜が実在したのなら化石が残っているはずですよ」

あ。
Q.E.D.。
〝言われてみればそうですよねえ〟の言葉を今度は僕がミサキさんに送りたい。〝竜が実在したのなら化石が残っているはず〟……。このたった一言で村木説は粉砕された。

〝なるほどねえ〟は村木説を粉砕する前のフェイントだったのか。

ミサキさんが村木老人に鉄槌を下すとは小気味いい。

「骨がない生き物だったのではないでしょうか」

小学生か。そんな言い訳を次々考えだしたところで意味はない。

「論理的ですね」

頭痛が痛い。

「でも現実的ではありませんよね」

お。

やはりミサキさんは村木老人を否定しているのか？

「現実的ではないし何の意味もない論だ」

ミサキさんの鉄槌を喜多川先生がさらに打ちつける。

「伝説が残っているから実在したなどと考えたら八岐大蛇《やまたのおろち》やユニコーン、はては妖怪や妖精の類まで実在の可能性を考えなければいけなくなる。学者なら物証や筋道の立った論証から真実を推測しなければならない」

たしかに〝伝説が残っているから〟などという曖昧な根拠を元にした論など学界では一蹴されてしまう。

「こう考えたらどうでしょう？」

ミサキさんがウィスキーを一口飲んだ。

「竜の伝説に繋がるような何か元になる生物がいたんだと」

元になる生物？

「たとえば天照大神《あまてらすおおみかみ》が岩戸に隠れて出てこなかったという神話は日食を表していると言われていますよね」

そういう事か。

「それと同じように竜の伝説にも竜の元になる実際の生物がいて、それが変化して竜の伝説になったんじゃないかしら？」

「なるほど。そう考えれば私の〝竜は実際にいた生物〟という新説とも矛盾しなくなりますな」

新説じゃなくて珍説だ。

それと……。

矛盾しないどころか粉砕された事に気づいていないのか？

ミサキさんは村木老人という客のプライドを傷つけずにその説を粉砕して見せた。さすがは客あしらいのプロだ。銀座のクラブに勤めても一流ホステスに上り詰めて、やがては自分の店を持つようになるかもしれない。

「きっとそうですよ。考えてみたら十二支の中で竜だけが架空の生物っておかしくありません？」

言われるまで考えた事もなかった。

「きっと元々は実際にいた生物だったんですよ」

「実際の生物って何なんですかね」

妄想から離れられない村木老人に代わって僕が建設的な論議の糸口を提供する。

「ヘビだ」

喜多川先生が口を挟んだ。

「ヘビ？」

「ああ」

喜多川先生は不毛な議論を早く終わらせようと一言で正解を指摘した。

答えは自明だったのか。

「形を見れば判る」

「たしかに」

僕は竜の姿を頭に思い浮かべた。喜多川先生の講演にもあった禅寺の天井に描かれている竜。

体が細長くて、たしかにヘビの体形と似ている。

「でも」

ミサキさんはまた何か要らない事を言うつもりか？

「ドラゴンはヘビって感じがしませんよ」

「ドラゴン？」

僕は思わず訊き返した。

「ええ。ドラゴンって竜の事ですよね？」

あまり意識した事はなかったけれど、たしかに日本語で竜、英語でドラゴンとなんとなく思っていた。『ドラゴンボール』も竜の事だし。

因《ちな》みにドラゴンとは竜という伝説上の生物が東洋で語り継がれているように西洋で共有されている伝説上の生物だ。翼があり空を飛ぶ。

「竜はたしかにヘビみたいに細長いですけどドラゴンは竜とはちょっと違う体に見えるんです」

ドラゴンってどんな体形だったっけ？

僕は頭の中の記憶庫からドラゴンの画像を検索する。

足で立ち少しズングリした胴体の恐竜のような画像がヒットした。『ヒックとドラゴン』ってアニメ映画もあったような気がする。

「たしかに竜とドラゴンはちょっと見た目が違う気がしますね」

僕は正直な感想を述べた。

「なのにどうして竜とドラゴンは同じ生物だと認識されているんでしょうか？」

それは……。

「欧米から見てもドラゴンと竜は同じ生物だと認識されてるんですかな？」

僕が答え倦《あぐ》ねているうちに村木老人が口を挟む。

そんな事も知らずに新……珍説を披露していたのか。笑止千万だ。

「もちろん同じ生物だと認識されている」

喜多川先生が村木老人に講義する。

「漢語、日本語の竜が英語のドラゴンと翻訳上の対応関係にある事からもそれは明らかだ」

歴史学者が聴講生に教えるの図。これで図らずも二人の関係が露呈した。

「そうですか。しかし」

村木老人が喜多川先生に反論か？

「ドラゴンは悪魔的なものとして認識されているのに対して竜は神ですな」

「あ」

ミサキさんがわざとらしく驚きの声をあげる。

「竜は神……。そういえば竜神って言いますもんね」

「それに対してドラゴンは災いをもたらす悪魔的な生物として捉えられているでしょう。〈ヨハネの黙示録〉のドラゴンも悪の象徴として登場します」

たしかに。口から炎まで吐くし。

「神と悪魔では正反対ですねえ」

そうだよな……。

(ん？)

待てよ……。

ドラゴンが悪魔で竜が神……。ということは……。

閃《ひらめ》いた。

正真正銘の新説を。

「両者は別の生物だった」

僕は力強い口調で言った。

「え、何て？　安田くん」

ミサキさんは喜多川先生には相手にされないような僕の話でも拾ってくれるからありがたい。

「新説です。竜とドラゴンに関する新説です」

「竜とドラゴンは同じものじゃなくて別の伝説上の生物だった。すなわちそれぞれ別々の生物が原型だったたってこと？」

自分の口から言いたかった。

「そうです」

追従する形になってしまった。

「なんか……すごい説得力がある」

え？

（ウソ……）

僕の考えがミサキさんに認められたのは初めてじゃないだろうか？

（うれしい）

素直にそう思ってしまった。

「竜とドラゴンは別の生きもの……。安田くんに言われると、そんな気がしてきます」

何か罠があるのか？

（ミサキさんが素直に僕の説を認めるはずがない）

いつもは喜多川先生の説にさえ反対しているのに。

（待てよ）

ミサキさんは喜多川先生に反論するために僕の説を応援した？

だとしたら複雑な状況になってしまう。

喜多川先生の弟子として先生に味方をするのは当然の事だ。だけど一方で学問を志す者として自説が認められるのは無上の喜びだ。

（もしかしてミサキさんは僕と喜多川先生の仲を引き裂く作戦に出たのか？）

百戦錬磨（推定）のミサキさんの事だからありえない話ではない。

（探りを入れてみるか）

僕はさらに竜とドラゴンは別の生物だという僕の説を強調してみる事にする。

「村木さんが仰った通り、たしかに西洋ではドラゴンは悪魔的なものとして捉えられていますね。〈ヨハネの黙示録〉に出てくる〝黙示録の獣〟と呼ばれる竜やヘラクレスが倒したラードーンという竜のように」

僕の言葉に村木老人が頷いた。

（ミサキさんの反応は？）

僕はミサキさんに視線を向ける。

「それに対して東洋の竜は神として祀られている……。日本でも竜は畏怖の対象だけど……。でも水を司ったり神的な性格は、たしかにありますね」

「そうでしょう？」

ミサキさんの賛同を得て僕は思わず勢いづいた。

「両者は同じものだ」

喜多川先生の声が聞こえる。

遥かなる山の呼び声のように……。あるいは『父ちゃんのポーが聞える』のように。

それも僕の説を打ち砕くような一言を。

ちなみに『父ちゃんのポーが聞える』は一九七一年公開の日本映画だ。前に喜多川先生から聞いた。吉沢京子と小林桂樹が共演。

「同じもの？」

僕が虚《うつ》ろな考えに囚われているうちにミサキさんが喜多川先生に訊いてくれた。

「竜とドラゴンが？」

「そうだ」

「でも喜多川先生」

僕はようやく言葉を発する。

「西洋のドラゴンは悪魔的で東洋……日本の竜は神です。正反対ですよ」

「日本の神には祟り神といって悪魔のように怖れられた存在だったものがある」

「祟り神……」

基本だった。

たとえば京都八坂神社の祭りである祇園祭は疫病を退散させるために行われるものだけど祇園祭発祥当時は疫病は恨みを抱いていた人々の祟りだと思われていた。その恨みを主祭神である牛頭天王《ごずてんのう》に鎮めてもらう。牛頭天王を手厚く祀る者は疫病から守られるけど、そうでない者には牛頭天王は逆に厄神となる。つまり神が災いをもたらすのだ。非業の死を遂げて現世に恨みを持つとされる著名な者も、その恨みを鎮めるために神に祀りあげられる事がある。

崇徳院《すとく》や平将門、そして……。

「非業の死を遂げた菅原道真は、その怒りを鎮めるために信仰の対象になりましたね」

僕は自説の敗北を認めた。

（やっぱり日本の神も恐ろしい存在だった。ドラゴンのように……）

厄災をもたらすと怖れられた菅原道真は逆に天神様という神様に祀りあげられた。菅原道真の墓の上に天神様すなわち菅原道真を祀る太宰府天満宮の社殿が造営された。

「たしかに東洋の竜も神かもしれないけど恐ろしい祟り神っていう可能性はありますね」

ついにミサキさんも喜多川説の軍門に降ったのか。

「日本にも徳川家康のように祟り神ではない神もいますけど」

「徳川家康、か」

「ええ。家康は死後に東照大権現っていう神様になって日光東照宮などの神社に祀られてますよね」

「たしかに」

「豊臣秀吉だって豊国大明神っていう神様になってます。家康も秀吉も長生きですよね。天下人のまま死んでます。けっして非業の死を遂げたわけじゃないのに神様になってます」

「そうだな」

「はるか昔『古事記』の時代の天照大神も別に恨みなど抱いていないでしょう。イザナギやイザナミだって」

神にもいろいろある。

「つまり日本の神がすべて恐ろしいものってわけじゃないけど……」

「それでも竜は恐ろしい」

「はい。竜は竜神のように神様に祀りあげられてもいますけど、あの姿はやっぱり恐ろしいですよね」

「そういう事だ」

「でも」

ミサキさんは何かを考えている。

「両者は形が違いますよ」

そうだった。基本、似ているけれどドラゴンは竜よりもズングリしているというのが〝夜の学術会議〟ともいえるこの〈シベール〉で確認されていた。

「それには理由がある」

「どんな理由が？」

「元々両者はさっき私が言ったようにヘビだったんだよ。それが東洋ではヘビのさらなる恐怖系へと進化した」

「それが竜ですね」

「そうだ」

「西洋では？」

ミサキさんがお代わりのグレンフィディックのロックを差しだす。

「途中で鳥が合わさった」

「鳥が？」

ミサキさんが驚いたように訊いている。気持ちは判る。

「だから翼があるんだよ」

「あ」

僕は思わず声をあげてしまった。

たしかに西洋のドラゴンには翼があった気がする。

「ドラゴンのズングリした体形は鳥に似ていると思わないかね？」

「言われてみれば似てますね」

ミサキさんが答える。

「どう？　安田くん」

「似て……ますね」

特に腹の辺りが……。

（だから翼があって空を飛ぶのか）

〝竜とドラゴンは別の生物〟という僕の説は崩壊か。竜とドラゴンは元々どちらもヘビでドラゴンはそれに鳥が合わさっただけ……。

でも……。僕はさらに思考する。

「ドラゴンと竜……両者は、やっぱり正反対の性格を帯びていると思うんです」

ドラゴンは悪魔で竜は神という視点を僕はまだ捨てきれないでいた。

「たしかに竜は祟り神かもしれませんけど大事にすれば人々を守ってくれます」

「雨を降らせてくれたりね」

「そうそう」

ミサキさんの援護を得て僕は意を強くした。

「元が同じものだったら鳥が合わさっただけで、こうまでイメージが正反対になりますか？」

なるわけがない。つまり両者はやっぱり別のものだった。

喜多川先生の説に反論している自分がいる。こんな事は喜多川先生に師事してから初めての事じゃないだろうか？

（これを喜多川先生はおもしろくないと思うか弟子が成長したと喜んでくれるか）

僕は喜多川先生を見た。

「安田くん」

ミサキさんには訊いていない。

「同じものでも見方が変われば正反対に見えるものよ」

ミサキさんが僕に諭すような口調で語りかけた。語りかけられた事は嬉しいけど、なんだか僕より上に立っているようで少し厭《いや》だ。それに、いつもはミサキさんにとって論敵である喜多川先生と共同戦線を張っているような雰囲気も気になる。

もちろん年上のお姉さんが年下の男の子に諭すような口調それ自体は悪くはないけど史学を学んでいる学生として、やはり知識の面ではリードしていたい。

（しかも僕の味方をしていると思っていたのに）

だけどミサキさんは誰の味方でもない。真実の味方なのだということを思いだした。

「たとえばどんな事ですかな？」

村木老人がミサキさんに質問した。自称学者なのに知識の面でリードしていたいという思いはないのだろうか？

「善玉菌と悪玉菌」

「善玉菌と？」

「悪玉菌」

それは聞いた。その先を聞きたい。

「どっちも菌である事に変わりないわ」

「でも、その性質はぜんぜん違うじゃないですか」

「人間にとってはね」

「え？」

「人間にとって都合の悪い菌を悪玉、人間にとって都合のいい菌を善玉と呼んだだけでしょ？」

そういう見方もできるか。

「菌にとっては、どっちでもいい事よ。菌の世界では善玉も悪玉もないの。ただ菌として生きているだけだから」

ミサキさんの言いたい事は判る。

「こんな話を聞いた事もあるわ」

ミサキさんは何かカクテルを作りながら言う。

（ウィスキーは飲み終わったのか）

ミサキさんだから許されるけどカクテルを作っている時や調理中は口を開かないでほしい。そんな事を言ったら料理番組が成立しなくなってしまうかもしれないけれど。

「日本人は虫の音《ね》を心地よいものとして聴いているけれど西洋人の耳には雑音として聞こえているって」

「虫の音……」

「ええ。コオロギやスズムシの鳴き声よ」

「風情がありますよね」

「ですよね」

ミサキさんは同意を求めるように心持ち喜多川先生に視線を向けた。喜多川先生はその視線を無視している。

「でも、あたしがアメリカに留学していたとき」

ミサキさんってアメリカに留学していたのか。

「教室にコオロギが紛れこんできた事があったんです。そのとき教壇にいた女性教師が〝殺せ！〟って叫んだんです」

「殺せ……」

「キル！　キル！　って」

村木老人が目を丸くしている。よほどその女性教師の言動に面食らっているのだろう。

「その時あたしは日本人の子と並んで坐っていたんだけど、お互いに顔を見合わせちゃいました。日本人にとってコオロギは殺す対象じゃありませんから」

「ですね」

「あたしは立ちあがってコオロギを捕まえると教室の外に逃がしてあげたんです」

優しい。

「その時に〝西洋人の耳には虫の音は雑音に聞こえる〟って言葉を思いだしたんです。〝やっぱりそうなのね〟って思いました」

正確には〝耳には〟じゃなくて〝脳には〟なんだろうけど。

「つまり同じコオロギの鳴き声でも聞く人によって悪く感じたり良く感じたりするって事です。人間の勝手な思いこみで」

「日本人には良いものとして捉えられているコオロギが西洋人には悪しきものとして捉えられている……」

「竜とドラゴンにも言えませんか？」

「同じ竜＝ドラゴンでも悪く感じたり良く感じたり……つまり悪魔にも神にも感じるってことか」

「はい」

ミサキさんはニコッと笑った。

「つまり竜とドラゴンが同じものであっても何ら矛盾しない」

「納得しました」

僕の説から喜多川先生の説に寝返ったミサキさんに納得させられた。

(やっぱり喜多川先生は正しかったんだ)

そして今夜はミサキさんもその事を認識しつつある。

「敷衍《ふえん》すれば神と悪魔が同じものであっても矛盾しないという事ですね」

「え?」

「何でもありません。すみません。竜の議論には関係ない話です」

たしかに関係のない話だけど僕には一瞬、天使であるはずのミサキさんが悪魔に見えた。ほんの一瞬だけど。

僕は心の中で頭を振って邪念……妄想を追い払った。

「ドラゴンレディです」

ミサキさんが僕と喜多川先生にオールドファッションドグラスに注がれたカクテルを提供してくれた。

そう言えば二人ともグレンフィディックとハイボールを飲みほしていた。

(サービス……ってわけじゃないだろうな。これも料金を取るんだろう)

まあいいか。

「なかなかいけるな」

愚にもつかない事を考えていた僕をよそに、さっそく一口ドラゴンレディを口にした喜多川先生が感想を述べる。

「よかった」

僕も慌ててグラスを口に運んだ。

「おいしい」

甘みと酸味が混ざりあって一瞬、夢心地にさせてくれるようなカクテルだ。

「ラムベースのカクテルなんですよ」

ミサキさんがレシピを紹介してくれる。

「ホワイトラム45㎖にオレンジジュース60㎖。グレナデンシロップ10㎖にキュラソーを1ダッシュ」

キュラソーというのはたしかオレンジの皮をスピリッツとシロップに漬けこんでできるリキュールだ。ミサキさんに教えてもらったような気がする。

「それをステアして氷を入れたグラスに注げばドラゴンレディのできあがり」

ミサキさんがドラゴンレディに見えてきた。ミサキさんには甘みも酸味もありそうだし。

「このドラゴンはおいしいですけど飲み過ぎたらダメですよ。ちょっと強いので」

話が本題に戻ったのか？

「ドラゴンもドラゴンレディも二面性がある……。ミサキさんも今度ばかりは喜多川先生の説に納得ですね」

僕がミサキさんの意を汲んで本格的に話を戻した。以心伝心。

「ただ」

ただ?

「ヘビとは明らかに違う気がするんです」

「何が?」

喜多川先生が警戒気味に訊いた。

「ドラゴンです」

「明らかに違う?」

僕は思わず口にした。

「ええ。ドラゴンには足があるけどヘビには足がないでしょ?」

「だからそれは」

喜多川先生がうんざりした口調で言う。

「鳥が合わさったからだ。だから足もある」

「ですよね」

僕はアリゲーターのホイル焼きを頬張りながら相槌を打つ。

なんとなく今夜のミサキさんなら僕でも軽く論破できそうな気がしてきた。

「ヘビに鳥が合わさった……。なるほど。合わさる事もあるんですね」

「そうだ。人と魚で人魚、鳥と馬でペガサスなど生きもの同士が結びついて伝説になることは、よくあることだ。ヘビから派生した伝説に鳥が合わさって新たな伝説となってもなんら不思議はない」

「納得です。ただ」

また〝ただ〟か？　ただならぬただ攻撃。

「皮膚の感じも明らかに違うと思うんです」

皮膚か……。この攻撃は想定外だった。やはり僕ではミサキさんを論破する事は難しいのか……。

「皮膚？」

喜多川先生も反応した。しかも頬がピクリと動いた。

危ない。

頬をピクリとさせるのは喜多川先生が怒りを内面に溜めこんでいる時の徴《しるし》だ。

（ミサキさんが完膚無きまでに叩きのめされる）

そんな光景は見たくないけど仕方がない。これも村木老人というエセ学者に入れこんだゆえの自業自得だ。

罪は罪として更生させなければならない。それがミサキさんのためになるのだから。

「ええ、皮膚です」

そうとも知らずにミサキさんは呑気《のんき》に反論を続けている。

「ドラゴンもですけど竜の皮膚って鱗《うろこ》に覆われていますよね」

「ヘビだって鱗に覆われているよ」

「そうなんですけど、その質が明らかに違うと思うんです」

ミサキさんの中では〝明らかに〟が今夜のキラーワードなのか？

「ヘビは滑らかというか。あくまで印象ですけど」

言わんとするところは何となく判る。

「だから竜はヘビじゃないんですよ」

そこへ行く？

「ヘビじゃなかったらなんだと言うのかね？」

喜多川先生の声が険しくなった事にミサキさんが気づけばいいけど……。

「ええと」

ミサキさんは考える。

「あの皮膚、どこかで見た気がするんです」

「竜の絵で見たんだろう」

「絵じゃなくて実際の生物です」

実際の生物であの皮膚は……。

「思い当たらないが？」

「竜のように足がある生物です」

「鳥？」

「安田くん。あの皮膚は鳥じゃないでしょ」

窘められた。

「それに竜のように裂けた口」

「裂けた口？」

「ええ。ヘビの口も裂けていますけど口自体は小さいですよね」

日本にいるヘビはどれも小さいけれど……。

「ニシキヘビなどは大きいと思うがね」

「でも皮膚が違います」

「だから何なんだね。そんな生物など」

「あ」

ミサキさんがカクテルを作る手を止めた。

「いました」

「いた？」

「はい」

「何だね？　その生物とは」

「ワニです」

ミサキさんはニコッと笑う。

「似てると思いません？　ワニと竜」

ゴツゴツした皮膚。大きく裂けた口。鋭い歯。そして何よりも恐ろしげな大きな目……。

言われてみれば似ている。足もあるし。

「馬鹿馬鹿しい」

だけど戯れ言にまどわされない知性と知識と胆力の持ち主である喜多川先生は流されない。

「ワニはアフリカや南米の生物だろう。東洋に伝説が残っているはずがない」

「そんな事ありませんよォ」

そう言うとミサキさんはケタケタと笑った。

「ワニはアジアにも生息してますよォ」

気持ち語尾が蓮《はす》っ葉《ぱ》になった気がするのは錯覚だろうか。

「ワニがアジアに？」

「はい。あたしアリゲーターのホイル焼きをメニューに入れた時にワニについて、いろいろ調べたんです。アリゲーターの他にクロコダイルってワニもいたんじゃないかなって思ってそこから調べだしたら」

勉強熱心な事だ。単なる好奇心かもしれないけど勉強の原点は好奇心だろう。

「緯度0度すなわち赤道付近に全世界に亘ってワニは生息しているんです。オーストラリアの北部からアジアだとインドネシア、ベトナム、インドと途切れなく生息していま す」

勉強になった。歴史はともかくミサキさんはワニに詳しい。

「アリゲーターとクロコダイルというのはどう違うんですかね？」

忘れ去られた感のある村木老人が無理やり会話に割りこむ。

「ごく大雑把に言えばアリゲーター科は口先が丸みを帯びていてクロコダイル科は口先が尖っているって感じです」

大雑把すぎるだろ。

「ほかにガビアル科という種類もあるんです」

かろうじて聞いた事がある。

「これは口先が細長いんです。ただしガビアル科はクロコダイル科に含める説もありますから注意が必要です」

この先そのことで注意を要する局面が僕に訪れるとは思えない。

「その時に知ったんですけど」

〝その時〟というのはワニの事を調べている時だろう。

「ワニを怒らせると顎の下にある臭腺《しゅうせん》を反転させるんです」

それがなくてもワニを怒らせたくはない。

「ワニってホントに興味深い生きものなんです。生まれてくるワニがオスになるかメスになるかって温度で決まるんですよ」

何の話だ？

「温度とは？」

「卵です」

喜多川先生とミサキさんの間でイマイチ話が嚙みあっていない気がするのは僕の理解力が乏しいからだろうか？

「人間……いえ、ほとんどの生物の性別は染色体の組合せによって決まりますけどワニは違うんです」

「ワニは爬虫《はちゅう》類だから卵から生まれるが……」

「はい。ワニは卵から孵化《ふか》する時の周囲の温度によって性別が決まるんです。温度依存型性決定っていうそうですけど」

ミサキさんは嬉しそうだ。

「生まれる直前の卵の周囲の温度が高温と低温の状態だとメスになって、その中間ではオスになって生まれてくるんですよ」

知らなかった。

「不思議でしょ？」

「不思議です」

思わず丁寧な言葉遣いで答えてしまった。生命の神秘に心打たれたからだろうか？

「これは卵の中のホルモンが関係しているそうなんです」

「温度によってオスのホルモンが活発になればオスになってその逆だとメスになるという事かな」

「その通りです」

さすが喜多川先生は理解力がずば抜けている。

「具体的には周囲の温度が三十度以下と三十四度以上の場合はメス、三十度を超えて三十三度台だとオス、もしくはオスメス半々になるそうです。もちろんワニの種類や環境によっても多少のズレはありますけど」

「たしかカメやトカゲの仲間も卵が孵化する時の温度によって性別が決定されるんじゃありませんでしたっけ？」

「さすが村木先生。よくご存じですね」

喜多川先生の知らなかった事を村木老人が知っていたとは驚きだ。たとえ歴史の知識ではないにしても。これも年の功か。いやこの場合は亀の甲か？

「カメは低温でオス、高温でメスになるそうです」

そこまでの知識はいらない。

「ミサキさんの話だと竜は、やっぱり爬虫類って事になりますね」

「あ」

やった。僕の発言によってミサキさんの虚を突く事ができた。

（いや秘孔を突いたのか？）

今の〝あ〟という驚きの発声によってそれが判る。

「考えてませんでした」

「ええ？」

「ガッカリしたような声を出さないでください。竜はあくまで想像上の生物ですから爬虫類とか哺乳類とか関係ないでしょう」

言い訳してる。ミサキさんが言い訳してる。それだけ僕の攻撃が効いているという事か。

「竜の元になったワニが爬虫類ですから竜もそれに準じた生物かもしれませんけど」

なんだよ〝準じた〟って。カモノハシか。

「いずれにしろ君は竜の原型がワニだと言いたいわけだ」

「そうです」

「たしかに竜とワニは似ている事は似ているかもしれない」

喜多川先生……。

「だが残念ながらそれは偶然だ」

喜多川先生お得意の意地の悪い攻撃だったか。

「偶然？」

「そうだ」

「どうしてそう断言できるんですか？」

ミサキさんが少し頬を膨らませた。

可愛い。いやあざとい？　あざと可愛い？

「君はムシュフシュを知っているかね？」

「さすがにそれぐらいは知ってますよォ～」

ウソだ。

今までのミサキさんは〝え、こんな事も知らないの？〟と驚かされる事もしばしばの歴史オンチだった。僕でさえムシュフシュについては以前、喜多川先生に、たまたま教えてもらったから知っている程度なのだ。それが歴史マニアや伝説オタクでもない一般人のミサキさんが知名度がほとんどないと思われるムシュフシュのことを知っているわけはない。

（いや断言はできないか）

だけど、たまたまムシュフシュを知っていたとしても〝それぐらいは〟はない。〝どういうわけか〟だろう。

（待てよ）

今までミサキさんは歴史に詳しいけど詳しくないフリをしていたのか？　客を喜ばせるために。だから〝それぐらいは知ってる〟などとつい本音が出てしまったのだろうか？

（そういえば喜多川先生をやりこめるような妙に鋭い意見を吐く事もあるし）

僕は疑いの目をミサキさんに向ける。

「ムシュフシュって〝バビロンの竜〟として名高い聖獣ですよね」

「その通りだ」

もう少し詳しく言うとムシュフシュは古代メソポタミアの伝承に登場する霊獣だ。

「西洋における最も古い竜の形と言えるだろう」

「メソポタミアって古いですもんね」

ミサキさんの〝ザックリ記憶術〟。

ティグリスとユーフラテス河の流域にシュメール人が古代メソポタミア文明を築いたのは紀元前五千年とも言われている。

ちなみに〝西洋〟は紀元前九五〇〇年頃の現在のイスラエル、シリア、トルコ、イラク、イランを内包する弓形の地域に端を発する。

その中のイラクが地域的にはほぼ古代メソポタミアと重なる。

「その〝最も古い竜〟であるムシュフシュという言葉はシュメール語で〝恐ろしいヘビ〟の意味だ」
Q.E.D.。
鮮やかだ。竜の原点がヘビである事が見事に証明されている。

あれよあれよと知らぬ間にゴールを決めた印象。喜多川先生がいつの間にかミサキさんに引導を渡していた。

「でも……」

まだ反論する気か？

「ドラゴンの語源はどうですか？」

ドラゴンの語源……。

「ムシュフシュはたしかに古いですけどドラゴンという言葉からは、かけ離れていると思うんです」

「なるほど。君はムシュフシュとドラゴンの間に繋がりはないかもしれないと案じているわけだ」

「はい」

さすが喜多川先生。ミサキさんの言わんとするところを素早く察して先回りして道を塞ぎに来たか。

「それでドラゴンの語源を知りたいと」

「そうなんです」

「この際だから教えよう」

何でも知っている喜多川先生。

「ドラゴンの語源はラテン語のドラコだ」

「ドラコ……。たしかにドラゴンに語感が似てますね！」

ミサキさんは無邪気に喜んでいる。

「で、そのドラコってどんな意味なんですか？」

「ヘビだ」

「ヘビ……」

決まった。悲しいほど見事に。

駄目押しの駄目押しQ.E.D.。

ドラゴンの語源はヘビ……。

こんな完璧な証明があるだろうか？

なんだかミサキさんがかわいそうになってきた。

（どうやって慰めよう）

僕はミサキさんを見た。

「あたし、わかっちゃった」

なぜか脳天気な声で意味不明の発言をするミサキさん。

「わかった？」

「はい」

「何が？」

「ドラゴンはヘビだったんです」

喜多川先生が軽く溜息をついた。

それは今さんざん喜多川先生が説明してきた事だ。頑固なミサキさんがそれを認めた事はある意味、僥倖《ぎようこう》だが……。

「喜多川先生の仰る通りです！」

素直な点は評価したい。

「ようやく判ってくれたか」

長かった……。喜多川先生の弟子である僕も感慨に耽《ふけ》る。なにしろミサキさんは絶対に自説に固執して喜多川先生の説を認めない人だったから……。

「やっぱり竜とドラゴンは別の生物だったんですね！」

「はあ?」

喜多川先生が思わず声を漏らした。疑念と不審と非難と反感の入り混じった複雑な声を。

「君は私の話を聞いていなかったのか?」

「聞いていましたよ～。だからドラゴンがヘビだって判ったんじゃないですか～」

今日のミサキさんはなぜか語尾が軽薄な感じがする。

「私は竜とドラゴンは同じ生物だとも説明したはずだが?」

「それは違います」

ミサキさんが断言する。

(週刊誌にコラムでも連載するつもりか? 〈ミサキの〝それは違います〟〉というタイトルの)

そんな皮肉が頭に浮かぶ。

「両者は見た目がぜんぜん違うじゃないですか。『生物は見た目が99パーセント』って本ありませんでしたっけ?」

『人は見た目が9割』だ。竹内一郎著の新潮新書。たしか百九十万部以上を売りあげた大ベストセラーだったはずだ。

「あんなに見た目が違うんだから竜とドラゴンが同じ生物のわけないんですよ。安田くんの説が正しかったんです」

「あ」

　忘れていた。

　竜とドラゴンは違う生物……。僕が唱えた説だった。喜多川先生とミサキさんの議論に熱中して自分の説を忘れていた。

(それをミサキさんは忘れずに指摘してくれた)

　これは……恋? 少なくとも好意?

　あるいは僕と喜多川先生の仲を裂こうとする手練手管?

　それとも素直に学問的に僕の考えを支持?

(ここは素直に考えよう)

　僕は原点に立ち戻る事ができた。自己回復力。

「逆にどうして今まで人類は竜とドラゴンが同じ生物だと考えていたんでしょう?」

　僕の説を支持してくれるのは嬉しいけど全人類に喧嘩を売るような発言は控えた方が

いい。正気の沙汰とは思えない。

「それは……」

喜多川先生が言いよどんでいる?

「似ているからだろう」

そうだ。似ているんだよ、竜とドラゴンは。

「名前が違うのに?」

竜とドラゴン……。たしかに全く違う発音の言葉だ。

「そういう事もあるだろう。サイコロとダイスだって同じ物だが言葉は全く違う」

「別々に生まれたからじゃないですか?」

「なに?」

「サイコロとダイス」

「同じ物が同時発生的に?」

「はい。あり得ると思うんです。たとえばブランコみたいに単純な遊具だったら世界のあちこちの人が偶然、同じような時期に思いついて作っていたとしても不思議じゃないですよね」

そう思う。

「サイコロもそんな感じで東洋でも西洋でも単独で思いついたんじゃないかしら。もちろん最初はコインの裏表みたいな単純な形式から発生して徐々に六面体の物へ進化していった。あるいは東洋と西洋で同じような原理の四面体のサイコロが発生して、それがどこかの段階で融合して今のサイコロの形が完成した」

「東洋で発生した物はサイコロと呼ばれ西洋で発生した物はダイスと呼ばれたと？」

「はい。それが、どこかで融合して、まったく同じ形になった。だから同じ物でも名前が違うんです」

ミサキさんの言う事には説得力がある。

「どうですか？　喜多川先生」

僕は思わず喜多川先生に訊いていた。

「結論から言うとサイコロの正確な発生時期や発生地は判っていない」

「そうなんですか」

「たしかに君の言うように世界各地の遺跡から様々な形のダイスが出土している」

「やっぱり！」

「正六面体のダイスは紀元前三〇〇〇年頃のインドから出土しているが発生となると古代インドや古代エジプトとも言われる」

「勉強になります」

おべんちゃらを忘れないミサキさん。

「だから竜とドラゴンのように言葉が違うものは東洋と西洋では別系統で発生した可能性がありますよね」

「それがどこかで融合した？」

「あるいは混同された」

混同、か……。

僕は〝あり得る〟と思ってしまった。いや自説だからミサキさんを応援している自分がいる？

「一理あるが」

喜多川先生の顔が渋い。

「別系統だという積極的な証拠はない」

「別系統ですよ。言葉が違うんですから。リュウとドラゴン。虎みたいに実際にいる動物だったら、それぞれの土地で最初に接した人たちが、それぞれの言葉で名づけるでしょうから別の言葉になってもおかしくはないんですけど想像上の生物だと……」

別々に違うものを想像した……だから言葉が違うと言いたいわけか。

「リュウという言葉はいつぐらいからあったのかしら？」

「竜という漢字は甲骨文字にすでにありますよ」

村木老人の地味な有効打。

「甲骨文字……」

「殷《いん》の時代にできた文字ですから紀元前十四世紀にまで遡る事ができますな」

「そんなに昔から中国では竜が存在したんですね」

「中国にワニはいたのかね？」

「いました。今でもヨウスコウアリゲーターというワニが生息していますよ」

「そうなのか」

「それで……ドラゴンはいつ頃から現れるのかしら？」

「ムシュフシュが現れるのは紀元前十二世紀頃だろう」

「大昔ですけど竜とは発生時期が違う気がします」

「しかし確かな事は判らないのだ」

なにせ伝承だから明確な記録はない。

「甲骨文字の竜には足が描かれていますよ」

「あ」

思わず声が出た。

「じゃあやっぱりヘビじゃなくてワニですね。そんなに古い時代から足が描かれているんじゃ」

村木老人が初めて放ったカウンターパンチか。

「それに」

ミサキさんも隠し球を持っているのか？　もしかしたら宝珠？

「竜とドラゴンには明確な相違点があります」

「なに？」

いつもはこうも訊き返さない喜多川先生だけどミサキさんには訊き返す事が多いのも事実だ。

「何だね？　それは」

「水です」

水……。どういう事だろう？

「なるほど」

ん？　喜多川先生には判ったのか？　以心伝心という言葉は僕よりも喜多川先生にこそ相応しかったのだろうか。

「君は竜が竜神つまり水を司る神だと強調していたな」

そういう事か。

「はい。翻ってドラゴンはどうでしょう？」

喜多川先生は黙っている。

「ドラゴンには水にまつわる伝承はありますか？」

「ないな」

え……？

「むしろドラゴンは火や毒を吐くとされる伝承が多い」

喜多川先生は即答した。そこはさすがだ。自信がなければ即答はできない。

（だけど……）

自分の説に不利になる返答だ。

（自信があるからこそできる潔さ）

そう解釈しておこう。

「ですよね。ドラゴンはヘビですもんね。だから毒を吐くのかしら？」

嫌みにさえ聞こえるのは穿《うが》った見方だろうか？

「川や海に生息するヘビもいますけど基本的にヘビの生息地イメージって森林や草原だと思うんです」

「砂漠にも棲んでますよ」

「ですよね！」

今夜の村木老人の援護射撃はいつもよりも有効に感じられる。

「砂漠は水とは正反対ですよね。それが東洋では水を司る神になるなんてどう考えてもおかしいんです。ありえないんです」

ミサキさんの力説に喜多川先生も考えこんでいる。

「その理由はただ一つ。東洋の竜はワニから派生して形作られたからです」

ミサキさんが断言する時は妙に説得力がある。

「思い返してください。竜のイメージを」

ゴツゴツとした皮膚、鋭い鉤爪、牙、恐ろしい目……。

「それは、そのままワニのイメージだと思いませんか？」

思う。

「だから竜は水神なんですよ」

決まった。

（しまった。決まっちゃダメじゃん）

危うく喜多川先生よりもミサキさんを応援するところだった。

「西洋のドラゴンはヘビから派生していた。それは喜多川先生が証明してくれた通りです」

その時点で喜多川先生は墓穴を掘ったのだろうか？

「そして喜多川先生はヨーロッパではヘビから派生したドラゴンにさらに鳥が合体したとお考えなんですよね？」

「そうだ」

「だとしたら東洋でワニから派生した竜にさらにヘビが合体したとしても不思議はないと思うんです」

ワニとヘビが合体？

「なるほど。それでワニから派生した竜もヘビのような特徴を備えていてもおかしくはないと」

「はい。体が細長いところとか」

喜多川先生がドラゴンレディを一口飲む。

「でも」

僕はなんとか喜多川先生の擁護をしようとする。自説が否定されてもいい。喜多川先生の権威は絶対だ。その牙城は崩れてはならない。

「インド神話のナーガ伝説ってヘビの事ですよね？」

「ヘビの精霊ですね」

珍しく村木老人に援護された。

「それがアジアの竜の原型なんじゃないですか？」

つまり竜＝ヘビ。

「それは違うわ」

ミサキさんがムキになって否定する。痛いところを突かれたからか？

「ナーガ伝説はヘビといってもコブラを神格化したものよ。コブラの生息地は主に森林だから水神にはならないんじゃないかしら」

そんな……。

「中国にはコブラがいないから中国に元来あった竜と融合した可能性はあると思うけど」

僕の擁護失敗。

「ワニもヘビも恐ろしい。その恐怖が肥大して東洋では竜、西洋ではドラゴンに化身したんです」

東洋では祟りを鎮めるために恐怖の対象を神に祀りあげる事もあるからワニが竜神に化身したのだろうか。

「つまり両者は別の生きもの……似て非なるものだったんです。もしかしたら」

ミサキさんは何かを思いついたようだ。

「ワニを怒らせると臭腺を反転させるって言ったこと覚えてます?」

そういえばミサキさんがそんなレクチャーをしてくれた。

「怒りが激しいと、その臭腺が突出しっぱなしになるんですけど竜の顎の下にある逆鱗《げきりん》って、その事かもしれませんね」

言われてみれば逆鱗は実際になければ思いつかない発想かもしれない。

「玉は何を意味している？」

「玉？」

「言われてみれば君の言うように竜とドラゴンには相違がある」

喜多川先生がミサキ説を認めた？

「その相違の顕著な例の一つが竜の持つ玉だろう」

「あ」

ミサキさんが惚《ほう》けたように口を開けたまま喜多川先生を見つめている。

「そうですね！」

からのヨイショか？

「喜多川先生の仰る通り竜は玉を持っているけどドラゴンは玉を持っていませんよね。さすが喜多川先生」

やっぱり褒めた。ここまで露骨に褒めると嫌みでさえあるけど褒める事によって自説の補強となっている点はさすがだ。

「もしかしたら竜が持っている玉は卵かもしれませんね」

「卵？」

「はい。ワニの卵です。竜の玉すなわち宝珠は竜王の脳から取れるとも言われていますよね」

「そうだ」

「つまり体から出てくる。卵であっても不思議じゃありません」

「ふむ」

「いえ、むしろ爬虫類にとって体から出てくる玉って卵以外考えられないじゃないですか」

そう思えてきた。

「しかも切開しないで取りだせる玉と言ったら……」

卵……。

「ワニすなわち竜にとって卵を持っている時は生まれてくる子がオスになるかメスになるか、大事な時です」

周囲の温度で決定される。

「どちらになるか……。それを天に訊きに行ってるんじゃないかしら？」

「天に？」

「はい。竜は天から戻る時に玉を持ってるんですよね？」

「そう言われている」

「きっとオスかメスか判明して地上に戻ってくるんですよ」

古代の人は無意識のうちにそのことを感じとっていたのだろうか？

「ラストオーダーです」

ミサキさんが告げると喜多川先生は「そうか」と呟いた。

「ドラゴンレディを」

「かしこまりました」

ミサキさんは流れるような手つきでカクテルを作り始めた。

サルでも判る応仁《おうにん》の乱

〈シベール〉のドアを開けると、やはり奥のスツールに村木老人が座っていた。

「いらっしゃいませ」

ミサキさんの爽やかな出迎えの声も健在だ。

「何になさいます？」

「ウィスキー。ロックで」

「かしこまりました」

銘柄を訊かなくてもミサキさんなら喜多川先生が好きなのはグレンフィディックだと先刻承知のはずだ。

「シーバスリーガルのロックです」

変化球！

「安田くんはハイボールね」

決めつけられてる。

「はい」

逆らえない僕が悲しい。

「先日、喜多川先生を雑誌で拝見しました」

ミサキさんがロックのグラスを差しだしながら言った。

「雑誌?」

喜多川先生は複数の雑誌に寄稿しているほかインタビュー記事などが載る事も少なくない。

「〈歴史の焦点〉です」

あれか。四葉社から出ている歴史雑誌だ。

(専門性の高い雑誌だけどミサキさんはあれに目を通しているのか)

普段から目を通しているのか、それとも顧客の話題に合わせようとして無理して読んだのか……いずれにしても、その姿勢には感服する。

「〈織田信長の経済政策〉は、あたしのような素人にも判りやすくて喜多川先生の優しさに触れた気がして嬉しかったです」

いま歯が浮いた。だけど喜多川先生は満更でもないような顔をしてロックを飲んでいる。

喜多川先生は歴史雑誌は元より一般紙からコメントを求められる事もままある。

「あ」

思わず声が出た。

「なに? 安田くん」

「いえ」

僕は言葉を濁した。

（村木老人も出ていた……）

前回、この店に来た時に〝どこかで見た顔だ〟と思ったけど雑誌で見たんだ。

（この人は……歴史学者じゃない！）

それをハッキリと思いだした。この人の正体は……。

「二杯目には当店のオリジナルカクテル〈カオス〉をどうぞ」

勝手に決めてる。

「それは？」

人のいい喜多川先生は飲む気でいらっしゃる。

「ブランデー2、ラム1、ジン1、グレープジュース6の割合でステアするんです。おいしいですよ」

気がつくとミサキさんはもう飲んでいる。それがおそらく〈カオス〉だろう。

「複雑な味がしそうだな」

僕はそこまで言うと適当な比喩を探して少し間を取った。

「応仁の乱のように」

決まった。歴史学メンバーの集いらしい喩《たと》え。

「複雑？」

しまった。歴史素人のミサキさんには難しい喩えだったか。

「単純ですよ」

ミサキさんがキョトンとした顔で言う。

「あ、そのカクテル？」

意外に単純な味なのか。

「いえ。応仁の乱が」

えーと。

どう反応したらいいのか戸惑う。

（ミサキさんは歴史素人だから応仁の乱が複雑な事象だという事をご存じないらしい）

そのことを傷つけずに教えてあげるには……。

「応仁の乱は日本の歴史の中でも最も難解だと言われているんだ」

結局、正攻法で攻める事にした。小細工はミサキさんには通用しないだろうから。

「どこが？」

正攻法でも通用しない？

お手上げだ。

いや、見捨てるのは簡単だ。だけど迷える子羊に救いの手を差しのべるのも学問の道を進む者の務めではないだろうか？

　人間のできた僕はそう思い直した。

「応仁の乱とは何かと問われて即答できる人は一人もいないだろうね」

「一人も？」

「ああ。説明できたとしてもせいぜい〝応仁の乱後も混乱は続いて、やがて戦国時代を誘発した〟って事ぐらいじゃないかな」

「歴史に詳しい人でもですか？」

「歴史に詳しくなればなるほど応仁の乱の複雑な背景についても深く知る事になるから余計に説明できないんだよ」

「そういうもんですか」

　かく言う僕もその一人である。それでも、できる限り優しく教えてあげる事にしよう。だけど……。

　その前に基本的な事を確認しておく必要がある。

「応仁の乱とは何か。そのことから説明しよう」

　ミサキさんがパチパチと拍手をした。馬鹿にされたような気になるのは何故だろう？

「応仁の乱とは十五世紀後半に」

「人の世むなし応仁の大乱」

「そう。応仁の乱は西暦一四六七年（応仁元年）すなわち十五世紀後半に始まった」

「室町時代ですね」

「ああ。終息したのは一四七七年（文明九年）。つまり約十一年間もの長きに亘って継続した内乱なんだ。長さだけじゃない。規模も九州と東国を除く地域で起こったという大規模な内戦だ。だけど、それだけの戦いが、いったい何のために起こったのか、そして誰が勝者で誰が敗者なのか、よく判らないんだ」

ミサキさんはニコヤカな表情を崩さずに小首を傾《かし》げた。

（どういう意味だ？　あの表情は）

まあいいか。僕は説明を続ける。

「元々は足利将軍家の有力家臣である室町幕府管領《かんれい》家の畠山《はたけやま》、斯波《しば》、両氏の家督争いが発端なんだ」

「家督争い……」

「そう。それがやがて将軍家の跡目争いと連動して山名宗全、細川勝元による政変へと発展する」

「なんだかよく判らないですね」

「だろ？」

「その説明では」

ムカ。

僕の説明が下手だというのか？

「誰が説明したって判りにくいんだよ。応仁の乱は」

「はたしてそうでしょうか？」

出た。ミサキさんの〝はたしてそうでしょうか？〟攻撃。

「やれやれ」

〝やれやれ〟は村上春樹の小説で効果的に使われていたので一度、使ってみたいと思っていたのだけれど実際に口に出すのはかなり勇気が要った。

「将軍家の跡目争いから説明しなければいけないのかな？」

そういう事だろう。僕は自分の言葉に納得した。知識のない人には最初から説明しなければ判ってもらえない。

先が思いやられる。だけど、これも歴史家による素人への啓蒙活動の一環だ。せいぜい判りやすいように説明するとするか。

「当時の最高権力者は室町幕府第八代将軍、足利義政だ」

ミサキさんはメモも取らずに頷く。

（最初の頃はメモを取っていたような気がするけど）

まあいいか。ミサキさんは仕事中だし。

「義政は息子がいなかったから弟の義視《よしみ》を後継者に指名したんだよ」

「そこまでは単純ですね」

ムカ。

むかつくけど我慢、我慢。ミサキさんは悪気はないのだから。おそらく。

「複雑になるのはそこからだよ。弟の義視を後継者に指名した途端に義政の妻である日野富子が男児を産んだんだ」

「秀吉にも似たような事がありませんでしたっけ？」

あった。

子供がいなかった豊臣秀吉は甥である秀次を後継者に指名したものの側室である淀殿が秀頼を産むと我が子を後継者にして秀次にはいろいろと難癖をつけて最終的には自害を命じた。

「どちらもタイミングが悪いですよね。後継者を決めた途端に我が子が生まれるなんて」

僕に言わせればタイミングなど関係ない。最初に決めた事を守ればいいだけの話だ。もっとも我が子が一番可愛いのは世の親の常。

「昔の権力者ともなればやりたい放題でしょうからねえ」

そういう事。

「秀吉の例はともかく応仁の乱では日野富子が横槍を入れたんだ」

日本三大悪女と言われる日野富子についても僕がレクチャーするか。

ちなみに日本三大悪女とは日野富子の他に北条政子と淀殿を指す。

「日野富子は室町幕府第八代将軍、足利義政の正室だけど応仁の乱を利用して私腹を肥やしたと言われているんだ」

「それは悪い事なんでしょうか？」

「は？」

思わず露骨な非難の疑問語を発してしまった。

「悪いに決まってるでしょう」

「どうして？」

あまりに素朴なミサキさんの質問に僕の方が間違っているような錯覚に陥る。

「応仁の乱という非常時に立場を利用して私腹を肥やすなんて悪いでしょう。そもそも応仁の乱の一因は日野富子にあるんだし」

足利義政の実弟の義視を将軍の後継者に決めたのに富子は自分の子が生まれると自分の子を将軍にしようと画策して有力守護大名の山名宗全を後見役にしたのだ。その動きを察した細川勝元が義視側についたことが応仁の乱の発端になっている。

「それなのに乱が始まると東軍、西軍、双方に金銭を貸しつけたり乱を利用して税金を稼ごうと京の出入口に関所を設けたり。果てはクーデターまで起こしている」

策略が実って我が子、義尚《よしひさ》を将軍の座に就かせた富子だったが義尚は酒色が祟って二十五歳の若さで亡くなってしまう。富子は次の将軍の座を自分の推す義澄《よしずみ》に就かせようと十代将軍、義稙《よしたね》の出征中にクーデターを起こして義澄を将軍の座に就けてしまう。世に言う明応の政変である。

「あたし、なんだか富子の気持ちが判るような気がするわ」

はあ?

「悪女の気持ちが?」

「そう」

ミサキさんがフフと笑った。

僕はミサキさんの気持ちが判らない。〝富子の気持ち〟って友だちの気持ちみたいに話してるし。

「日野富子が」

喜多川先生が口を開く。

「実際のところ応仁の乱にどれだけ関与しているかは判らない」

本当のところは判らなかったのか。

「だが日野富子が男児を産んだ後に家督争いが激化して、それに乗じて細川勝元と山名宗全の勢力争いに発展した事は確かだ」

出た。応仁の乱の代名詞とも言える細川勝元と山名宗全。どちらも室町幕府の有力武家で細川は幕臣筆頭である三管領、山名は三管領に次ぐ四職《ししき》の家格である。

「応仁の乱といえばその二人、細川勝元と山名宗全ですな」

村木老人が中学生の知識で存在感を示そうとする。

たしかに応仁の乱はこの両者の戦いが有名だ。

「ただ畠山氏や斯波氏の家督争いが、なぜ応仁の乱に発展したのかが判りにくいですな」

え？　歴史学者なのに？

と思ったけど村木老人は歴史学者じゃなかった。

村木老人は……。

「室町幕府の重鎮たちが畠山家や斯波家の混乱に乗じて自分たちの勢力を強めようとした事が混乱にさらに拍車をかけたんですよ」

喜多川先生が村木老人に諭すように聞かせる。

「重鎮たちというのは細川勝元と山名宗全ですな」

「その通り。そこに室町幕府第八代将軍、足利義政の後嗣争いも加わって混乱が全国規模にまで広がってしまった」

村木老人の呟きに喜多川先生が頷いた。

この二人がまともに呼応しているのを見るのは初めてじゃないだろうか？

「そうです」

僕がまとめに入る。

「多くの人が参加した割には、いったい何のためにみんな戦ってきたのか？　それ以前に誰と誰が戦っていたのか？　それが」

「判らないんですか？」

ミサキさんにムッとしたのは三度目だ。

応仁の乱は全体像を把握するのが難しいと一般的には言われているから素人のミサキさんに気を遣って〝難しい〟と言ってあげたのに。

「いや、僕は判るよ。史学生だからね。でも一般論として応仁の乱は難しいと言われているんだよ。それを今みんなで懇切丁寧に」

「簡単ですよ」

「は？　何が？」

「応仁の乱です」

「応仁の乱が簡単？」

「それが応仁の乱……」

「そうです。単純な話ですよね」

「はあ？　今の話を聞いてなかったの？」

「聞いてましたけど……」

理解力がないのか。それとも人並み外れて理解力があるのかどっちかだ。

(もちろん〝人並み外れて理解力がある〟は皮肉だけど)

実際の話、応仁の乱は実態が摑みにくい歴史上の出来事の代表格だ。それが単純化できるわけがない。ミサキさんがろくに知りもしないで勘違いしている可能性にスーパーヒトシ君を賭けてもいい。

「ほう」

ミサキさんの頓珍漢な発言が喜多川先生の興味まで引いてしまった。

「君は応仁の乱が単純だと思っているのかね？」

「ええ。単純ですよね？」

喜多川先生が深い溜息をついた。

(先を越された)

溜息をつきたかったのは僕の方だったのに。

ちなみに〝先を越された〟という表現は夏目漱石の古い版などを読んでいると〝センを越された〟とルビが振ってある。当時は〝サキを越された〟ではなく〝センを越された〟と発音していたのだろう。言葉は時代と共に変化するものだから。

たとえば一段落（いちだんらく）という言葉は今ではヒトダンラクと間違って発音する例が非常に多くなっている。小説の文章でさえヒトダンラクでは一発変換できないものだから、わざわざ一をひらがなにして〝ひと段落〟と表記している例を何度も見た。もっとも最近では〝ヒトダンラク〟で変換できるソフトも増え始めている。さらに言えば昭和五十六年発行の角川文庫版藤原審爾『昭和水滸伝』では〝一ト段落〟という表記があることを僕は発見してもいる。

（〝しだらない〟の言い間違えである〝だらしない〟という言葉が今では定着しているように〝ヒトダンラク〟も定着してしまうのだろうか）

ほとんど喜多川先生の受け売りだけど。

「複雑だ」

その喜多川先生が〝応仁の乱は複雑だ〟と断言した。

「応仁の乱は複雑な事象だよ」

それは先ほど僕たちが説明した通りだ。

「君は応仁の乱が誰と誰の戦いで勝者が誰か一言で言えるのかね？」

「言えますよ」

勘違いもここに極まれり。

「では訊かせてもらおう」

喜多川先生がミサキさんを狩りに入った。本来ならミサキさんの妄想とも言える思いこみにつきあう必要は露ほどもない。だが学問の徒として厳格な喜多川先生は素人といえどもミサキさんのいい加減さが許せないのだろう。だから征伐に出た。

「一言で言って応仁の乱の勝者は誰だと思っているんだ？」

「織田信長です」

一瞬、自分がどこか別の時空間に瞬間移動してしまったかのような錯覚に陥った。

質問と答えが繋がっていない。

応仁の乱の勝者が織田信長？

ミサキさんは何か勘違いをしているか喜多川先生の質問を聞き間違えたかに違いない。

応仁の乱と織田信長は全く関係がない。

「〈カオス〉を」

シーバスリーガルを飲み終えた喜多川先生はミサキさんお勧めのカクテルを注文した。

呆れてものも言えない……喜多川先生はそういう状態なのだろう。応仁の乱の勝者が織田信長とは会話が成立していない。まさに混沌《カオス》。だから皮肉を込めて〈カオス〉を頼んだのだろう。

「織田信長とは意外な答えですね」

だが村木老人はミサキさんの頓珍漢な答えに疑問を感じる事もせずに普通に受けとめている。

(これで本当に歴史学者……ではなかった)

ミサキさんが喜多川先生の事を雑誌で見たと言った途端に思いだしたのだ。僕も村木老人を雑誌で見た事を。その雑誌は歴史関係の雑誌などではなくサラリーマン向けの一般週刊誌だった。

「自分でも意外な答えだとは思います」

自覚はあったのか。

「でも論理的に考えると、そういう答えしか出てこないんです」

はあ?

思わず声に出しそうになったけど場の雰囲気が悪くなりそうな声だったので自重した。

「論理的に?」

相手をする必要なしと判断した喜多川先生だろうにミサキさんのあまりにも自信満々の態度に思わず訊いてしまった……ようだ。

「どうぞ」

ミサキさんが喜多川先生に〈カオス〉を差しだした。喜多川先生は〈カオス〉を一口飲む。

「うまい」

「よかった」

ミサキさんの天使の笑顔。

「おつまみには小松菜と竹輪のおばんざいをどうぞ」

この店では自分の好きなものを注文できないシステムなのだろうか？

（もっとも、つい話に夢中になってつまみを頼むのを忘れている事も事実だ。ちょうど何か食べたいと思い始めた頃にタイミング良くミサキさんがつまみを出してくれる）

さっそく出てきた小松菜と竹輪のおばんざいを口に運ぶ。

（おいしいから断れない）

ミサキさんが出してくれるつまみは、おしなべておいしいのだ。

「君は何か勘違いしているようだが」

だけど、そのおいしさと笑顔に惑わされないところが喜多川先生の凄いところだ。

「いま話題に上っているのは応仁の乱の事だ」

「承知しています」

「織田信長とは時代が違う」

そう。その通り。

「応仁の乱が始まったのは一四六七年。終息したのは十年後の一四七七年だ。織田信長が生まれたのは一五三四年（天文三年）。応仁の乱が終息してから六十年近く経過している」

これでは両者は関わりようがない。

「サルでも判る計算だ。両者に接点はない」

「そうでしょうか」

計算を判った上で悪あがきをしている。往生際が悪い。

「応仁の乱の勝者が織田信長とは、どういうわけなんですか？」

意味のない話題を村木老人が続けようとしている。若い女性の興味を引くためだけの質問だろう。

「その前に」

喜多川先生が口を挟んだ。間違った事をそのままにしてはおけないという学者魂に火が点いたのだろう。狩りの再開だ。

「君は応仁の乱が単純だと言ったね」

「言いました」

「応仁の乱は複雑だよ」

僕は反射的に呟いていた。

「あ、すみません喜多川先生。口を挟んでしまって」

「いや、いい。続けたまえ。君に任せよう」

狩りを任せてくれるというのか。

僕は感動した。ついに喜多川先生に認められる日が来たのだ。

というほど喜多川先生は大袈裟に考えているわけではないかもしれないけど。単にミサキさんとの馬鹿馬鹿しい遣《や》りとりをするのが面倒くさくなっただけなのだろう。そこに僕が口を挟んだものだから、これ幸いとばかりに僕に後を託した。

いずれにしろ喜多川先生の後を任された僕は嬉しい。先発ピッチャーが八回まで相手チームを〇点に抑えた後の九回に抑えで出てきたリリーフピッチャーの気持ちだ。リリーフピッチャーの経験がないから違うかもしれないけど。

ある意味、失敗は許されない事は確かだろう。

「応仁の乱は細川勝元と山名宗全が」

「そこが違うんですよ」

「え？」

あまりに意外なミサキさんの反応に僕は思わず声をあげてしまった。

「違う？」

「はい」

違わない。教科書にも出てるし学校教育を受けたすべての人が応仁の乱と言えば細川勝元と山名宗全の名前から入るはずだ。東軍の総大将が細川勝元で西軍の総大将が山名宗全。

「どう違うって言うんだよ」

僕はやや気色ばんで訊いた。

「そもそも乱って何ですか？」

「乱……」

そんな基本的な事を今さら訊かれても……。

「ええと」

かえって言葉に詰まるからミサキさんは嫌いだ。

「乱とは政府・現政権に対する反乱の事だ」

喜多川先生が答えた。

「ですよね」

しまった。リリーフに失敗した。喜多川先生の代わりに敵を抑えこむ役を仰せつかったのに敵が繰りだす質問を封じ込める事ができなかった。

痺《しび》れを切らした喜多川先生がまた乗りだしてきてしまった。

（これでは〝使えない奴〟と思われてしまう）

にっくきミサキさん。かわいさ余って憎さ百倍。このままでは済まさない。

（なんとか挽回の機会を……）

僕は頭脳をフル回転させる。こうなった時の僕は怖い。知識が止めどなく溢れてくる。

「対外的な戦闘行為、武力行使や国内での内乱は〝戦争〟と呼ぶ」

僕は歴史素人のミサキさんに対して講義に入る。〝乱〟だけが判ってもしょうがないからだ。

「薩英戦争や戊辰《ぼしん》戦争などがそうだ」

ミサキさんが目を輝かせて拍手をする。

なんだか馬鹿にされている気もしないでもないけど、ここは素直に賞賛の拍手と捉えておこう。

「征伐は？」

僕のレベルの高さに内心、警戒心を抱いて〝この辺で叩いておこう〟と思ったのかミサキさんが再び反撃の質問に出た。だけど史学科の学生を見くびってもらっては困る。特に喜多川先生の弟子であるこの僕を。

「〝征伐〟は政府に背いたものを懲らしめるという意味合いの言葉だよ」

「『矢切の渡し』にそんな歌詞がありませんでしたっけ？」

何を言っているのかまったく判らない。

「『矢切の渡し』の二人が背いたのは政府じゃなくて親の心だろう」

喜多川先生には通じているのか。ちょっと悔しい。

「小田原征伐とか長州征伐とかね」

僕は話の中心を自分に取り戻そうと説明を重ねる。

「相手が悪者だというニュアンスも含まれている用語だよ」

再びミサキさんが拍手。

関心を取り戻せたのか？

「役というのもありますよね。弘安の役とか」

ミサキさんにしてはよく知っていた。

「役というのは明治前期以前の他国との戦争や辺境、周縁地域での戦争で使われる言葉だよ」

「戦争なんですね。あたし、もっと軽い用語かと思ってました」

素直なところはよろしい。

「合戦は？」

僕にはタメロ……。それでもなぜか嬉しいから不思議だ。

「合戦は局地的な戦闘行為。源平合戦とか」

「源平って局地的だったんですか？」

「局地的が集まったって感じかな？　一ノ谷の戦いとか」

「戦い……。そういえば〝戦い〟もありますよね。桶狭間の戦い、長篠の戦い……」

「〝戦い〟も〝合戦〟と同じ言葉だと考えていい」

「そうですか。でも〝戦い〟ってなんだか素朴な言い方ですね。かわいい」

「どういう感性をしてるんだよ」

思わず口に出てしまった。

「変ですか？」

「あ」

しまった。大人として礼を失したか。

「そういえば〝変〟ていうのもありますよね。薬子《くすこ》の変とか」

ミサキさんが偶然にも僕の失言に気づかずにやり過ごしてくれた。それとも気づかないのではなく気づいた上で？

ミサキさんならその可能性も充分、ありそうだ。

「そういえば〝変〟は成功したクーデターで〝乱〟は失敗したクーデターだって聞いた事があります」

「一概にそうとは言えない」

「そうなんですか？」

「現に薬子の変は失敗している」

「あ、そうか」
「壬申の乱は成功しているし」
「ですね」
「〝変〟は政治的な陰謀や政変の事だよ。あるいは政権担当者側が不意に襲われた場合とか」
「だから薬子の変ですか」
「そうそう」
まとめるとこんな感じか。
戦争：対外的な武力行使、戦闘行為。または国内での大規模な内乱（薩英戦争、戊辰戦争など）
征伐：政府に背いたものを懲らしめる戦い（長州征伐など）
役：他国との戦争（明治前期以前）や辺境での戦争（弘安の役、前九年の役など）
合戦・戦い：局地的な戦闘行為（源平合戦、桶狭間の戦いなど）
乱：政権に対する武力行為（壬申の乱、応仁の乱など）
変：政治的な陰謀（本能寺の変、薬子の変など）

もちろんいずれも慣習的に使われている言葉であって明確に決まっているわけではないけれど。

「それで〝乱〟に戻りますけど」

そうだった。〝変〟ではなく〝乱〟の話だった。

「〝乱〟は政権に対する反乱の事なんですよね？」

「そうだ」

喜多川先生が答えた。

「という事は応仁の乱も〝乱〟ですから政権に対する反乱ですよね？」

「そうなるね」

言われてみれば、その基本的事実にあらためて向き直された。ミサキさんは、いつも真正面から基本的な事実を突きつけてくる。その幼稚とも思える単純な思考、発言が僕に歴史学を学び始めた頃の初心を思いださせてくれるのかもしれない。

「という事はですよ」

ミサキさんが右手の人差し指を立てて頬に当てた。

（これだ）

あざと可愛い仕種《しぐさ》だけど……いや、だけに油断がならない。

「応仁の乱も〝政権に対する反乱〟という事になりますよね」

「なるほど、そうなりますね」

村木老人は本当に歴史学者なのか？　じゃなかった……。村木老人はアマチュアだ。本業は……何だ？　本業はよく判らないけれど、その実態は資産家だ。

週刊誌に顔写真が載っていたのを、さっき思いだしたのだ。あれは〝関東の豪邸〟といった類の特集ページだったと思う。そこに田舎風の広大な屋敷をバックに写っていたのが村木老人だったのだ。どうやって資産を築いたのかは記憶にない。

（家に戻ったら調べてみよう）

検索すれば判ると思う。村木老人は結婚した経験もなく現在も独身……その記事には、そう書かれていたはずだ。

（たしか豪邸の他にタワーマンションの部屋も持っていたはずだ）

検索するのやめようか。悲しくなるから。

それはともかく……。

今の村木老人の反応からは自分がアマチュアの歴史学者でさえない事を図らずも露呈させてしまっている事に本人がまったく気づいていない。

（〝なるほど〟じゃなくて自分がミサキさんに教える立場だろうに。仮にも歴史学者を名乗っているのなら）

まあいいか。歴史学者としての村木老人の化けの皮が剝がれたのだから。

「村木先生。教えてください。応仁の乱当時の政権担当者って誰ですか？」

自分の方が村木老人よりも歴史に詳しい事が露呈されたのにあえて村木老人を傷つけずに逆に花を持たせるところは遣り手のホステスを思わせる。銀座のクラブでもナンバーワンになれると僕が踏んでいる所以《ゆえん》である。

「当時は足利幕府でした」

さすがに中学校、いや、もしかしたら小学校の教科書にも載ってるであろう基礎知識だけは持ち合わせていたか。

「将軍は？」

「第八代の足利義政です」

即答できるところはさすが歴史学者……と言いそうになって頭の中で踏みとどまった。それぐらいなら伊沢くんやカズレーザーだって即答だろう。さっきも話に出たし。

「反乱を起こした人は？」

「さて。そこが難しい」

噴きだしそうになった。歴史学者を名乗る人物が応仁の乱の首謀者を即答できないとは。

それに……。

「やっぱり難しかったんだ」

口に出してしまった。〝応仁の乱は単純ですよ〟と言ったミサキ説を村木老人が一言で粉砕。

(小気味いい)

当の村木老人は図らずも自分がミサキさんの説を粉砕してしまった事にまったく気がついていないようだ。

「京風だし巻き玉子もどうぞ」

僕の言葉を聞いてなかったと見える。

「しっかり味がついてますからお醬油をつけなくてもおいしいですよ」

醬油をかけようとしていた僕は機先を制された。

「どう?」

「おいしい」

一口食べた僕は本音で答える。

「よかった」

喜多川先生も京風だし巻き玉子を口に運ぶと深く頷いた。

「先ほど安田君が言ったように」

村木老人が話を続ける。気安く〝安田君〟などと呼ばないでいただきたい。

「応仁の乱の始まりは室町幕府管領家の畠山氏と斯波氏の家督争いです」

村木老人の言葉にミサキさんが頷く。

「そこから細川勝元と山名宗全の勢力争いに発展するんですよ」

村木老人に喋らせておくのも癪《しゃく》だから僕が話を引き継いだ。

「細川勝元も山名宗全も室町幕府の実力者だからね。隙あらば自分の勢力を拡大しようと狙っていた。畠山家と斯波家の家督争いもそれに利用された節がある」

「でもそれだと〝乱〟になりませんよね？」

ミサキさんの鋭い指摘。

先ほどの〝乱〟の定義だと乱とは政権に対する反乱となる。

「たしかに畠山も斯波も細川も山名も〝政権担当者〟ではありませんな。つまり〝政権に対する反乱〟とは言えない」

「政権担当者は誰ですか？」

「八代将軍、足利義政でしたな」

「その人に反旗を翻したのは？」

「弟の足利義視です」

そうだった。山名、細川に気を取られて忘れてしまいがちな事実である事は確かだ。

（と言っても、そこに至るまでの経緯は複雑でとても一言では言い表せないのだけど）

そのことをミサキさんは無視している。

「反乱というと具体的には？」

単に知らないだけか。

「義視は義政の弟ですから義政にしても家督を義視に譲ろうという気持ちはあったんです」

人の内心までは判らないが。まして何世紀も前の人物の。

「ところが伊勢貞親《さだちか》が義政に〝義視に反乱の疑いあり〟と讒言《ざんげん》してしまったんですよ」

伊勢貞親は足利義政を幼少の頃から養育した室町幕府政所《まんどころ》執事だ。細川勝元、山名宗全と並ぶ勢力の持ち主でもあった。

「義視に本当に反乱の疑いがあったのかしら？」

「そこは判りませんが伊勢貞親は失脚します」

「文正の政変だな」

「はい。その通りです」

喜多川先生に助け船を出してもらったか。

「一旦は収まったけど、まだ火は燻《くすぶ》っていた？」

「はい。そういう事になります」

今度はミサキさんに助け船を出してもらった格好だ。歴史学者を名乗るのなら自分で主導権を握ったらいいのに。

「教科書にも書かれている通り応仁の乱は室町幕府重鎮である細川勝元と山名宗全の勢力争いが原因の一つです。その後、いろいろ紆余曲折があって応仁元年には山名宗全が優勢となります」

「でも権力者は将軍なんですよね」

「ところが義政という将軍は一貫した見識がなくて強い方の味方になるだけという評判があるのです」

「という事は山名宗全の味方?」

「山名宗全が優勢になった時点ではそうです」

「たしかに見識がありませんね」

「なので実質的には山名宗全が権力を思うがままに操っていたと言っても過言ではありません」

「でも細川勝元は納得しなかった?」

「その通りです。そこに持ってきて伊勢貞親が力を盛り返したことで将軍・義政と弟・義視の仲が険悪になります」

現将軍とその後継者候補が険悪になっているのだから幕府全体が揺らぐのは当然だ。

「この頃には細川勝元と山名宗全の仲も険悪になって、ついに両者は全面衝突に入るんだよ」

「そう。実際に両者は戦闘をする。京都の各地で火が放たれ鬨《とき》の声があがる。戦死者、負傷者も数知れず。これが応仁の乱の始まりだ」

「全面衝突……」

「おかしいですねえ」

「何が？」

「細川勝元も山名宗全も将軍じゃありませんよ」

今さらながら虚を突かれた。

「乱とは政権担当者に対して反旗を翻す事ですから細川と山名がいくら全面衝突したって乱と呼ぶのはおかしいです」

ミサキさんに言われるとそんな気がしてくるから不思議だ。

「将軍と将軍の弟が全面衝突したのはいつなんですか？」

「翌応仁二年だ」

「応仁二年……」

「細川、山名の両軍が争っていた時も義政は両者に〝ひとまず戦いを中断して指示を待て〟と諫《いさ》めていた」

「両者は義政の命令に従ったの？」

「いや。細川勝元は山名宗全討伐の許しを義政に願いでたんだ」

「あくまで戦いたいのね」

「宿敵を一気に叩く好機だと思ったのかもしれない。結局、義政は細川勝元に山名宗全討伐の許しを与えた」

「じゃあ山名宗全は賊軍になったのね」

「そう。このとき細川勝元は御所周辺、山名宗全は御所の西に陣を構えたから細川側は東軍、山名側は西軍と呼ばれた」

　東軍、西軍のメンバーは以下の通り。


【東軍】

細川勝元、畠山政長《まさなが》、斯波義敏《よしとし》、京極持清《きょうごくもちきよ》、赤松政則《まさのり》

【西軍】

山名宗全、畠山義就《よしなり》、斯波義廉《よしかど》、一色義直《いっしきよしなお》、土岐成頼《ときしげより》

「将軍が味方したんだから細川勝元が有利でしょうね」

「最初は優勢だったけど形勢は一進一退を繰り返す」

「なぜかしら？」

「足利義政は一方に味方した事で中立性を失った事になる。これでは調停者として諸大名の頂点に立つ求心力が揺らいでしまう」

僕って今〝デキる男〟になってないか？

「将軍の力に翳《かげ》りが見えたのね」

「そういう事だな」

「西軍には弟の義視がついた事も大きいかもね」

「いや、この時点では義政と義視はまだ味方同士なんだ」

「え？」

「もっとも両者の考え方の違いが大きくなり始めてもいた。義政は和睦を進めたいと思っていたのに対して義視は戦功をあげたいと思っていたからね」

「じゃあ両者の考え方の違いが拗《こじ》れて敵味方に？」

「それが下地にあるけど決定的だったのは伊勢貞親の復帰だ」

伊勢貞親は細川勝元、山名宗全と並ぶような権勢を誇っていたが〝義視に反乱の疑いあり〟と義政に進言したことで逆に失脚の憂き目に遭っていた。

「ほとぼりが冷めたというか禊《みそ》ぎは済んだというか……とにかく室町幕府の中枢に戻ってきた」

「義視は焦ったでしょうね」

「そう。かつて自分を陥れようとした人物だからね」

「再び貞親が同じ事を義政に進言すれば……」

「今度は義政が貞親の言葉を聞き入れて義視を殺すかもしれない……」

「危険を感じた義視は義政の下を離れて西軍の斯波氏の陣に入ってしまったんだ」

「ええ？」

「そして西軍が義視を将軍と仰いだんだ」

「将軍……」

「ああ。なにしろ現将軍の実弟だから資格は申し分ない」

「ですね」

ミサキさんは〈カオス〉を一口飲む。

「義視は西軍の将軍になった事で公然と現将軍に反旗を翻したんですね」

「そうなるね」

「現将軍すなわち時の政権に公然と反乱を起こした……その時を以て応仁の乱の始まりと捉えるべきじゃないでしょうか？」

一瞬、納得しかけたけど深い溜息をつく事で態勢を整え直した。

「応仁の乱の始まりは、その一年前の応仁元年、一四六七年だよ。〝人の世むなし応仁の大乱〟って覚えたんだろ？」

「覚えましたけど〝人の死無闇に応仁の大乱〟でもいいですよね」

一四六八年……。ゴロは合うか。いや、そういう問題じゃなくて……。

年号を覚えるのは意味がないという話ならともかく。

「これは動かせない。教科書にも載っている事実だ」

「教科書に載っているから事実だと思うなんて安田くんもずいぶんとピュアなところがあるのね」

ピュアって……。

「ほら、顔が赤くなった」

これは怒りの赤だ。口に出して言わないだけありがたいと思え。

「教科書は研究結果によってずいぶんと書き換えられていますよ」

「その通りだ」

喜多川先生に指摘されてしまった。もちろんそのことは僕も知っている。むしろ普通の人よりもよく知っている。歴史を学ぶ者だから。

「たしかに聖徳太子という名前が今は厩戸皇子《うまやどのおうじ》と並記されていたり」

「〝聖徳太子〟は死後につけられた尊称だからですね？」

ミサキさんの言葉に僕は頷くと「だけど応仁の乱に関しては」と反論に移る。

「動かせないという事はありませんよ。応仁の乱だろうと西郷隆盛の顔だろうと」

たしかに西郷隆盛の肖像画を描いたイタリア人画家のキヨッソーネは西郷隆盛に会った事がなかった。なので顔の上半分は隆盛の弟、下半分は隆盛の従兄弟の大山巖をモデルにしたとも言われている。

「大化の改新だって六四五年から六四六年に書き換えられている教科書もあります」

だけど……。

「なるほど」

僕が反論の言葉を探しあぐねているうちに喜多川先生がミサキさんの言葉を受けてしまった。

「応仁の乱の始まりは内紛が勃発した一四六七年ではなくて政権に反旗を翻したことが明確になった一四六八年だと言うんだね？」

喜多川先生が素人をまともに相手にするのは珍しい。

「はい」

まさか素人から玄人に格上げ？　それとも僕よりもミサキさんの味方をしたくなったとか……。

「一理ある」

「先生……」

「ありがとうございます」

ミサキさんが喜多川先生に深々と頭を下げた。

喜多川先生が情けをかけたせいでミサキさんが調子に乗らなければいいけど。

「だが安田君が言った〝応仁の乱は複雑だ〟という事実に変わりはない」

そうだそうだ。

(よかった。喜多川先生はやっぱり僕の味方だったんだ)

ミサキさんの味方のようなフリをして持ちあげてからどん底に落とす高等テクニック。

「ありがとうございます喜多川先生」

僕は態勢を立て直した。

「百歩譲って」

本当は譲りたくないけど。

「応仁の乱の始まりが一四六八年だとして、そこに至るまでの経緯がすでに複雑怪奇でしょう」

とどめの一撃。

ミサキさんは立ちあがる事さえできまい。

「それらは無視して良いと思うんです」

「はあ?」

何を言っているのだ? このアマは。あ、アマとはアマチュアの事だけど……。それも異次元アマチュアお嬢さんだ。

（とにかく……）

応仁の乱が始まるまでの経緯を無視したら、もはや歴史学の意味さえなくなってしまう。

「あたしは歴史学者じゃありませんから」

読心術でも会得したのか？

「歴史学者じゃなくたって事実を折り曲げてはダメでしょう」

「折り曲げるんじゃなくて本質だけを視《み》るんです」

「本質だけって……」

「物は言いようだな」

喜多川先生が呟く。そうだ。喜多川先生にバトンタッチだ。僕のような純粋な青年は、こんな異次元レベルの頓珍漢には対抗できない。精神的に疲れてしまう。

「君は一見、複雑に見える応仁の乱も、その本質は単純だと言いたいわけだ」

「その通りです。あたしの言いたい事を察してズバリと一言で言い表していただいて感服と感謝です」

瞬時に歯の浮くようなお世辞で返すテクニックはどこで磨いたんだ？　天性のものか？

「あたしたちは複雑な事までは、なかなか理解するのは難しいですから、その辺りはレベルの高い専門家の人にお任せしたいんです」

〝あたしたち〟と一括《ひとくく》りにされたら歴史に詳しいアマチュアは怒るだろう。

「それに応仁の乱が始まったのは一四六八年ですから、その前は無視しても当然ですよね？」

応仁の乱の始まりを一四六八年と決めてかかり既成事実化を謀るテクニックか。

「一四六八年からだって充分、複雑でしょう」

態勢を立て直した僕は再び参戦する。

「でも応仁の乱を〝第八代将軍、足利義政に対して弟である足利義視が起こした反乱〟と一言で言えますよ」

「あ」

応仁の乱が一言で言えてしまった……。

でも……。ここで押しきられてはならない。

「だから、その背景には複雑な事情が」

「背景を探るのは専門家のかたにお任せします」

丸投げ……。

「あたしは目に見える事実だけを知りたいんです」

馬鹿か。室町時代の事が目に見えるわけないだろう。

「揚げ足取りはやめてくださいね。〝目に見える〟は物の喩えですから」

やはり読心術を……。

「たしかに弟の義視は西幕府を樹立した」

僕の手に負えないと思ったのか、また喜多川先生が乗りだしてきた。

(申し訳ない)

本来ならミサキさんのような戯《ざ》れ言《ごと》使いを相手にするようなお人じゃないのに。

(やっぱり歴史がねじ曲げられるのが我慢できないんだな)

僕はそう解釈した。ライオンはウサギを倒すにも全力を尽くすという。これは中国、南宋の思想家、陸九淵《りくきゅうえん》の言葉からきているそうだけど。

だけど、こうなるとミサキさんがかわいそうに思えてくる。ライオンに狙われたウサギ……。勝ち目はない。

「だが義視が西幕府を樹立したといっても実際は実力者であった山名宗全ら西軍の大名たちに担がれたに過ぎない。つまり実権はなかった。これで反乱と言えるだろうか？」
Q.E.D.。
一言で粉砕。

さすが喜多川先生だ。ミサキさんの戯れ言をたった一言で粉砕してしまった。

「これをどう解釈する？」

僕はミサキさんに視線を移した。打ちひしがれたミサキさんを見るのは忍びないけれど見ずにはいられなかった。

「義視に意志はなかったのでしょうか？」

は？

逆質問？

喜多川先生の渾身の一撃にめげてないどころか逆質問？

考えられない。喜多川先生の説には黙って頷いていればいいというのが常識なのに。

少なくとも僕の中では……。

「将軍に反旗を翻して新幕府を樹立するのは天下の大事です。やりたくなくて、できるものではありません」

ミサキさんに言われると〝そうかもしれない〟と思えてくるから不思議だ。

「義視にも反旗を翻す意志があったと？」

「当然です」

なぜ〝当然〟と言いきれるのだ？　その自信はどこから来るのだろう？

「実際に力はありました」

村木老人、久々の援護射撃か。

「何と言っても義視は西軍に入る前は東軍の総大将を務めていたぐらいですからね」

そうだった。

「実際に義視は将軍御所を掌握して山名方と縁戚関係もしくは親しい女房、近習《きんじゅう》を追放したりもしています」

「そうなんですか！」

村木老人の援護によってミサキさんが勢いづく。

「だったら義視が西幕府を樹立した時点を以て〝義視が現政権に反旗を翻した〟と解釈しても、なんの問題もないですよね」

うむ……。

僕はなんとか反撃の糸口を摑もうとする。

「だけど、西軍の実権者である山名宗全と義視と、どちらの意志が強かったか、どちらの力が強かったかというと……」

つまり比率の問題。交通事故でも割合が問題視されるのだ。過失割合といって交差点で車同士が衝突した場合、赤信号を無視していたら、その車が100パーセントの責任があるけど、たとえば信号がない交差点などではAの車の責任が60パーセント、Bの車の責任が40パーセントなどと計算される。僕の父親が一度、もらい事故を受けて、その時に10パーセントの責任を割り当てられたから知っているのだ。

応仁の乱にしても、たしかに義視の意志が反映されていたかもしれないけど山名宗全らの意志の方が割合は高かったはずで……。

「いくら山名宗全に力があったとしても義視は現将軍の実弟です。家臣よりも位は上です」

「位は上だけど」

「普通、位が上の人の意志が反映されるんじゃありません？」

普通はそうだけど……。

「山名宗全が実権を握ったといっても、その様子が現代人に見えるわけではありません。ここは後世に残っている事実だけで判断するべきです。当時の位とか」

さっき見えると言ったくせに。

（まあいいか）

僕は大人の対応を見せる。

「ここは百歩譲って……いや千歩、いや」

「万歩計、持ってきましょうか？」

「いや」

ミサキさんの提案に喜多川先生が少し笑いかけた。

（まずい）

喜多川先生がミサキさんの皮肉を込めた軽口に好意的な反応を見せている。

もちろん喜多川先生はミサキさんの説に同意したわけではない。断じてない。応仁の乱が一四六七年に始まった事は教科書にも載っている〝事実〟なのだから。僕もそのことを踏まえて〝百歩譲って〟の精神を発揮したのだ。

（たしかに千歩から先は悪ノリしたかもしれないけど）

とにかく、譲れないところを譲ったのはミサキさんの戯れ言の核心である〝応仁の乱の勝者は織田信長〟という説を粉砕するためだ。

そのためには多少の譲歩、犠牲は致し方ない。

（肉を切らせて骨を断つの精神だ）

〝応仁の乱の勝者は織田信長〟などという戯れ言に比べれば〝応仁の乱の始まりは一四六八年〟などというミサキさんの説は些細な事だ。

僕は頷くと「たしかに義視の意見は大いに反映されていただろうね」とミサキさんの説を認めた。

「判ってくれて嬉しいわ」

「だけど」

僕は反撃に転ずる……ほどの戦いでもないか。相手は〝応仁の乱の勝者は織田信長〟などという超弩級《どきゅう》の戯れ言をほざいているのだ。これは秒で反論できる。相手が言い間違えている可能性まである。まずはそこを確認しておくか。

「僕の聞き間違いだとは思うんだけどミサキさんは〝応仁の乱の勝者は織田信長〟って言ってなかった？」

「言いましたけど？」

僕の皮肉が全く通じていない。

「嘘でしょ」

「本当です」

ミサキさんは根本的に教科書を間違えて覚えている可能性が浮上した。応仁の乱を何か他の戦と間違えている可能性。たとえば長篠の戦いとか。

「応仁の乱の終息は一四七七年だ」

喜多川先生が動いた！

「それは始まり以上に間違いのない事だ」

そうそう、その通り。

やはり喜多川先生は戯れ言を許してはおけなかった。僕には任せておけないと思われたのなら少し残念だけど。

「一四七七年、すなわち文明九年に西幕府が解体されるんだよ」

僕は名誉挽回とばかりに注釈を入れる。

「知ってます」

「知ってる？」

「はい」

「だったら判るでしょう。西幕府解体。反乱終了。解散〜」

反乱軍も解散。この歴史会議も解散。

「西幕府が解体された事によって反乱は収まったんですか？」

「え？」

「安田くんは言ったよね？　応仁の乱後も混乱は続いて、やがて戦国時代を誘発したって」

そういえば言った気がする。

それにしても……。

どうしてミサキさんはめげないんだ？　タメロはちょっと嬉しいけど。

「それは別の話だよ。戦国時代は時代が違う」

「時代区分で戦国時代ってありましたっけ？」

しまった。

「時代区分って幕府があった土地によってつけられてません？」

その通りだ。

実は日本の時代を区分する方法は主に二通りある。

一つは〈原始時代～古代～中世～近世～近代～現代〉のように〝社会の仕組みの特徴によって大きく分ける〟方法。

もう一つがミサキさんの言った〝政治の中心地の名称〟で分ける方法。

江戸時代は江戸に幕府があったから江戸時代。平安時代は平安京が建てられたから平安時代。

「足利将軍が政権を握っていた室町時代はやがて安土・桃山時代へと移行すると中学校で習いました」

小学校ではやらなかったのか？

「戦国時代ってどこでしたっけ？」

「戦国時代は室町時代に含まれる」

僕が呆然として答える事を忘れている間に喜多川先生が答えてしまった。

（まずい）

これではできの悪い生徒みたいだ。

（実際にそうなのか？）

そんな事はない。でなければ喜多川先生が僕をバーに連れてくるはずがない。

「時代区分とは基本的に為政者すなわち政権担当者の一族が続いた時代を指す。為政者の一族が交代すると遷都するケースが多いから時代区分名称＝幕府のあった場所となることが多い」

奈良に都があった奈良時代はまだ天皇家が政治の実権を握っていたけど平安時代に入ると摂関の藤原家が実権を握る。

奈良時代（奈良）＝天皇家
平安時代（平安京）＝藤原家
鎌倉時代（鎌倉）＝源家・北条家
室町時代（室町）＝足利家
安土・桃山時代（安土・桃山）＝織田家・豊臣家
江戸時代（江戸）＝徳川家

歴史区分の幕府所在地と為政者一族をまとめるとこんな感じだろう。

「戦国時代という名称は慣例上そう呼んでいるだけで、その時期の国の状態を表す便宜上の名称に過ぎない」

「ですよね。つきつめれば既存の時代区分も便宜上の区分に過ぎないんでしょうけど」

どうしてミサキさんがポロッと漏らす言葉が本質を突いているように感じてしまうん

だ？　つけ足すと時代区分の始まりと終わりの年も多分に恣意的なものに過ぎない。現に大化の改新の始まりの年も今は一定していない。

（という事はミサキさんの〝応仁の乱の始まりは一四六八年〟説もありうるのか）

やっぱりミサキさんはただ者ではないのかもしれない。

「その時代区分で言うと戦国時代も実は室町時代に含まれる……つまり室町時代が続いていたって事ですよね？」

「そうなるな。為政者、将軍家は依然として足利家であったのだから」

「幕府は続いているんですよね。それなのに戦国時代が始まってしまった……。つまり幕府側も反乱を収められていないし反乱軍側もまだ攻撃の手を緩めてはいないという事なんです」

「緩めてはいない？」

「はい」

「西幕府は解体されたんだよ？」

僕は、ただ者ではないかもしれないミサキさんに反論を試みる。

「でも混乱は続いていたんですよね？」

「続いていたけど……」

「続いていたどころか大名たちはやりたい放題ですよ。たとえば一五六五年には将軍の義輝《よしてる》が大和の武将、松永久秀《ひさひで》の息子の久通《ひさみち》らに殺される事件まで起きています」

永禄の変。正確には襲われて自死に追いこまれたんだけど。同じ事か。

「その極めつけが信長でしょう」

そう決めつけられては、つきあいきれない。

「あなたの戯れ言につきあう事にしようか」

「喜多川先生……」

「うれしい」

ミサキさんが目を輝かせた。

「安田君じゃないが百歩譲っての精神だ」

喜多川先生も少し丸くなったのか？　美人の前では丸くなるのか？

「だが君は応仁の乱が単純だと言った」

からの牙を剝く攻撃！

さすが喜多川先生だ。譲歩したと見せかけたのは反撃へのバックパスだったのか。

「ならば応仁の乱を一言で説明できるのだろうな？」

「もちろんです」

一歩も引かないミサキさん！

（馬鹿なのか？　気鋭の歴史学者である喜多川先生に対してただのアマチュア、いやそれ以下の知識しか持たない歴史オタクでも歴史を学んだ過去があるわけでもない一般人が喜多川先生に一歩も引かないとは。ホントに馬鹿なのか？）

だがミサキさんはそんな自分の窮地にも気づかないのか呑気に〈カオス〉を口に運んでいる。

（自分で飲んでるし）

毎度の事だけど。

「では訊く」

禅問答のような気配を漂わせながら喜多川先生が質問を発した。

「応仁の乱とはなんぞや」

質問の仕方まで禅問答じみてきた。

「室町幕府第八代将軍足利義政に対して実弟である足利義視が起こした反乱である」

答えるミサキさんは一休さんじみている。

（一休さんって、こんなに可愛かったっけ？）

可愛かったけど妖艶な美しさはなかった。

（当たり前だ。小僧なんだから）

しまった。邪念が入ってしまった。

「始まりは？」

「応仁二年（一四六八年）。足利義視の西幕府樹立を以て始まりとする」

「終わりは？」

「一五七三年。室町幕府第十五代将軍足利義昭が織田信長によって京を追放された時点を以て応仁の乱の終わりとする」

店内に静寂が訪れた。

応仁の乱が簡潔に言い表されてしまった。

だけど……。

「細川勝元と山名宗全の名前が出てきませんが？」

教科書には真っ先に出てくる名前。歴史好きとしてはその二人の名前が出ないのであれば物足りない。

「必要ありませんから」

「必要ないって……」

教科書に対する冒瀆《ぼうとく》だ。

「だって喜多川先生は一言で説明しろと仰ったんですよ」

あ。

「二言って言われたら出てきますけど」

詭弁《きべん》だ。

喜多川先生が〝一言で〟と言ったのはなにも本当に一言で言えという意味じゃなくて〝簡単に説明しろ〟の意味だろう。『遺留捜査』における糸村さんの三分間と同じだ。簡単に説明するのなら必ず細川、山名の両名の名前は出さなければならない。それを字義通りに一言で済まそうとしている。

「字義通りに解釈するのが学問の基本ですから」

また読心術か？

「たしかにその通りだ」

喜多川先生……。

「字義通り、言い換えれば正確さだ」

正確さ……。

「学問において曖昧な言葉遣いは許されない。使われる言葉は常に正確でなければならない。そうでなければ真理を特定できない」

そういう意味か。言われてみれば使われる言葉が複数の意味に取られるような曖昧な表現は学問にそぐわない。

（より正確さを期するのなら〝応仁の乱とは何か？〟の問いに〝反乱〟と答えるのが一言なんだろうけど、さすがに喜多川先生はそんな小学生のような揚げ足取りはしない）

それにしても……。

（喜多川先生は少しミサキさんに甘すぎないか？）

いくら酒場だからといって相手は店の人間だ。必要以上の気遣いは要らないだろう。

（それとも……）

気遣いではなく本気でミサキさんの説を認めている？

「でも」

ここは僕がミサキさんに抵抗したくなる。

「僕が中学校、高校の歴史の授業で必死に覚えた山名宗全と細川勝元は」

「その二人が出てくるから、ややこしくなるんですよ。応仁の乱は八代将軍足利義政に実弟である足利義視が反乱を起こした。それでスッキリします」

スッキリ！

いや感心してどうする。

「百歩譲って」

いったい今夜は何回、百歩譲るんだ？　万歩計は持ってこなくていいぞ。

「応仁の乱がその二人の争いだとして最後は？」

そうだ。ホントは万歩譲りたいくらいの譲歩で応仁の乱が足利義政と義視の争いだとして応仁の乱の最後はその義視が敗れた一四七七年でなければならない。織田信長が応仁の乱の勝者なんてとんでもない。

「最後は織田信長が足利義昭を京から追いだした時です」

考えは変わっていなかった。最後のチャンスを与えたのに。

「歴史学の常識では応仁の乱は一四七七年に終わった。でも君は終わってないと考えるんだね？」

喜多川先生、どうしてまともに相手をする？

「はい」

「その根拠は？」

「たしかに一四七七年に西幕府は解散しましたけど西軍の畠山義就や土岐成頼たちは足利義政に降伏したわけじゃなくて京都から去っただけでしょう？」

その通りだ。つまりミサキさんは反撃の機を窺うために一旦引いただけだと言いたいのか。

「それに室町幕府を支えていた大名たち……複数の国の守護を兼ねる有力在京大名たちが西幕府解体後は続々と分国に帰っていったでしょう？」

これも〝室町幕府を支える事をやめて、あわよくば室町幕府を乗っ取ろう〟という気持ちの表れだと言うのか？

(しかしミサキさんはメチャクチャ歴史に詳しいな)

やはり羊の皮を被った狼……いやウサギの皮を被ったドラゴンだったのだろうか。

「それに第十代室町幕府将軍足利義稙のとき……明応二年（一四九三年）には細川政元《まさもと》が挙兵して足利清晃《せいこう》を強引に将軍に擁立してしまったでしょう」

明応の政変。たしかに乱は治まってはいない。

ちなみに清晃は後の十一代将軍、足利義澄だ。

（それにしても）

乱は収まっていないというミサキさんの主張は、それはそれで間違いではないのだろう。

「応仁の乱が戦国時代の引き金になったと安田くんは教えてくれたわね？」

無駄に持ちあげてくれなくていい。

「戦国大名が目指したものは何でしょうか？」

それは……。

「みんな京を目指していたよ」

「ですよね。でもその目的は？」

「天下統一だよ。自分が日の本を統一するという気概に燃えてみんな京を目指していた」

「それが達成されるまで戦乱は続いたのよ」

「知ってるよ」

「戦乱すなわち乱でしょ？」

「あ」

「乱は続いていたんです。応仁の乱は」

村木老人が無言で頷く。

「安田くんは〝応仁の乱は誰と誰が戦っていたのかよく判らない〟って言ったよね？」

タメロを気にしながらも僕は頷いた。

「それは登場人物が多いからだと思うの。細川勝元に山名宗全、畠山氏に斯波氏に一色、赤松。それに足利義政、義視……」

たしかに多い。

「でも足利義政と義視の戦いだと考えれば登場人物は二人よ。この二人の戦いは為政者と反乱者の戦いよね。その構図が長きに亘って続いたのよ」

為政者VS.反乱者。

「つまり応仁の乱が起きた理由は、ただの権力争いってことね」

極論すれば、すべての争いはそこに帰着するのかもしれない。

「誰が勝ったのか判らないというのも戦いがあまりにも長きに亘ったから登場人物たちも移り変わっていったからだと思うわ」

でも最後の勝者は織田信長……。ミサキさんの説だと、すべて簡潔に説明されて、しかも調和が取れている。

「どうぞ」

ミサキさんが僕と喜多川先生に新しいカクテルを差しだした。

「これは？」

喜多川先生が訊く。

「〈コスモス〉です」

「コスモス……」

「ブランデー2にグレープジュース3。それをステアするだけです」

「綺麗な色だ」

喜多川先生が呟く。

「当店のオリジナルです。秋桜のコスモスは作っている人がいるかもしれませんけど当店の〈コスモス〉は調和を意味するコスモスですから」

僕は一口飲んだ。

口の中に調和の取れた、それでいて深みのある味が広がった。

遠い国から来た天草四郎

しかし驚いた。

〈シベール〉に向かいながら僕は村木老人のプロフィールを思い返していた。

（あの老人が、あんな資産家だったなんて）

ミサキさんは、そのことを知っているのだろうか？

知るわけはないと僕は思った。

村木老人は資産家といっても有名人ではない。一代で財を築いた実業家でもなければ世界的に名を成した芸術家でもない。ただ親が土地を持っていて、それを引き継いだだけなのだ。本人は会社員として仕事を定年まで勤めあげ、その後は資産を頼みに趣味である歴史研究に没頭しているだけの面白味のない人物だ。その歴史研究も荒唐無稽な戯れ言ばかり。

（そんな人間の経済状態をミサキさんが知っているわけがない）

僕のようにネットで丹念に〝村木春造〟を検索しなければ、けっして〝村木春造＝資産家〟という情報は得られないはずだ。

（ミサキさんが、いちいち客の素性に関して検索をしているはずもないし）

村木春造は本を二冊出しているけど二冊とも自費出版で、その内容も『八百屋お七は八百屋の看板娘だったのか?』という誰の興味も引かないような内容の本と『赤城山中に埋蔵金を見た』という、かつてのテレビ番組の二番煎じの感が否めない内容の本だ。

そんな事を考えているうちに〈シベール〉に着いた。

僕はドアを開けて喜多川先生に先に中に入ってもらう。

「いらっしゃいませ」

心が浮き立つようなミサキさんの声に出迎えられる。

奥のスツールには、やはり村木老人が座っている。

(村木老人はホントに暇だな)

それを言っちゃうと自分たちもそうか。いや喜多川先生は講演会を終えた後の息抜きにやってきているのだ。村木老人はここに来る事が唯一の仕事だろう。

そんな憐憫《れんびん》の気持ちを抱きながら僕もスツールに坐った。

「グレンフィディックをロックで」

いつものやつだ。

ミサキさんは素早く喜多川先生にグラスを差しだす。僕にも、いつものハイボールが提供された。ただし僕が注文する前に。

「あたしたち結婚したんです」

喜多川先生がグレンフィディックを、僕がハイボールを一口飲んだところでミサキさんが言った。

(またミサキさんの歴史に関する爆弾発言か)

……え?

ちょ待てよ。

「いま結婚って言いませんでした?」

「言いました」

「誰が?」

「あたしがです」

「嘘でしょ」

「本当です」

ミサキさんが結婚?

「それは……」

ショックだ。喜多川先生もショックを受けているに違いない。

喜多川先生はミサキさん目当てにこの店に通っていた節がある。それなのに結婚なんて……。堀北真希やガッキーの結婚に匹敵するショックだろう。

「誰と?」

喜多川先生のためにも僕が訊かなければならない。

「村木先生とです」

僕も喜多川先生も口をあんぐりと開けて閉じる事を忘れている。

む、村木老人と？　ミサキさんが？

嘘だろ。信じられない。

「ほ、本当かね？」

「はい。本当です」

喜多川先生が一瞬でも口籠もったのを初めて聞いた。それほど衝撃が大きいのだろう。

ミサキさんがニコッと笑って答える。この笑顔に……村木老人はやられたのか？

（いや、笑顔以前に、こんな若くて美人だったら誰でもイチコロだろう）

それにしても……。

「村木さんって、おいくつでしたっけ？」

「女性に歳を訊くのは無粋ですよ」

ミサキさんに窘《たしな》められた。村木老人に歳を訊いたら流れとしてミサキさんの歳も訊く事になる。それを見越してのミサキさんの発言だろう。あるいは村木姓になったであろうミサキさん自身の事と捉えたのか。

「七十八歳です」

そんなミサキさんの先回りの苦労も判らずに村木老人は、あっさりと答えてしまった。

ミサキさんが頬を膨らませて村木老人を睨む。だが、その目には笑みが含まれている。

とはいえ、ここは流れを断ち切ってミサキさんの歳は訊かない事にする。それが大人というものだ。

「あたしは二十七歳なんです」

自己申告ならいいか。

(僕が誘導した訳じゃないぞ)

誰にともなく心の中で言い訳をする。

(それにしても)

五十一歳も離れているのか。

常識では考えられない年齢差だ。ギネス記録じゃなかろうか。ギネス級の年の差結婚をした加藤茶だって奥さんと四十五歳差だったはずだ。

(村木老人のどういうところに惹かれたんですか?)

僕の心の声が尋ねる。だが声には出さない。その質問は〝どうしてあなたのような若い人がこんな年寄りと〟という失礼な疑問に直結しているからだ。また聡明なミサキさんの事だから口にしたら僕の裏の心理まで見抜かれてしまうだろう。

「あたし父親を知らないんです」

今日のミサキさんは告白モードに入っているのか?

（父親と言うより祖父だし）

いずれにしろミサキさんは規格外の人物なのだろう。僕のような常識人には理解しがたい行いをする。

「おめでとうございます」

喜多川先生は、こんな常識はずれの人たちにも大人の対応をする。

「ありがとうございます」

「ありがとうございます」

ミサキさんと村木老人が同時に声を発した。

（やはり気が合っているのか）

少し悔しい。

「いいなあ」

しまった。思わず心の声が出てしまった。

「え？」

「あ、いや、村木さんは、これからはおいしい料理とお酒が自宅で味わえるんだなって思って」

なんとかごまかした。

「あ、それとも村木さんも料理が得意とか？」

「いえいえ」

村木老人は笑顔で否定する。

「私は料理は一切ダメで、作った事はありません。もっぱら外食か出来合いの物を買ってきて食べてます」

「あたし、張りきっちゃいます！」

ミサキさんは天然か意図的か僕の発言を見逃してくれた。

「あたし作る人、ボク食べる人！」

たしか五十年ぐらい前のラーメンのコマーシャルじゃなかったっけ？　ジェンダーの観点から当時でさえ物議を醸した……今の言葉で言えば炎上したと聞いた事がある。

（ミサキさんって意外と古風な面があるのだろうか？）

結婚式にも拘《こだわ》らないような〝今の人〟っぽさを感じていたけど。

（ミサキさんの花嫁姿を見てみたい気もする）

美人だから、さぞ映える事だろう。

「式は挙げません」

読心術を会得しているとしか思えないミサキさんの先回り返答術。

「お互いにそんな歳じゃありませんし」

ミサキさんは充分に〝そんな歳〟だろう。

「ミサキさんのウェディングドレス姿をちょっと見てみたい気もしますね」

しまった。また心の中の声を口に出してしまった。

「ありがとう。でも、あたしたちはクリスチャンでもないから教会で挙げるのもちょっと違う気がしますし」

ミサキさんは僕の失敗を気にせずサラリと流してくれた。

「そもそも昔の日本人は結婚式なんて挙げませんよね？」

え？　そうだったっけ？

「結婚の儀式なら奈良時代から行われていた」

だよね。ミサキさんの誤った知識を喜多川先生が速攻で直す。

「そんなに昔からあったんですか」

「そうだ」

「どんな式だったのかしら？」

やっぱり式には興味があるのか？

「男性が女性のもとに通って三日目に女性の家族から餅を振る舞われた」

「なんだか可愛い」

どーゆー感性してんだよ。単に当時は男性が女性の家に入る婿取りが主流だったってだけだろ。

「それが本来の日本式の結婚式なのかしら？」

「一概には言えないが一つの原型ではある」

「海外式……たとえば江戸時代には日本にもクリスチャンはいましたよね」

「それ以前からいるでしょう」

僕は思わず口を挟んだ。

「学校で習ったでしょう。フランシスコ・ザビエルが日本にキリスト教を伝えたのは室町時代の天文十八年、西暦一五四九年だよ」

「あ、〝以後よろしく〟」

知ってるじゃないか。ほとんどの人はその語呂合わせでキリスト教伝来を覚えたはずだ。

「当時の、あるいは江戸時代のクリスチャンたちは、どういう結婚式を挙げたのかしら？」

「日本のクリスチャンたち？」

「ええ。天草四郎とか」

天草四郎は江戸時代に起きた島原の乱の首領だ。クリスチャンで洗礼名はジェロニモだったはずだ。

「結婚の儀式は奈良時代から行われていたが、それは現代の感覚の〝結婚式〟とは違う」

「え、違うんですか?」

違うんだ。ちょっと拍子抜け?

「日本人が、いわゆる〝結婚式〟を教会や神社で挙げるようになったのは明治に入ってからだ」

「そうなんですか」

「たしかに結婚の儀式は奈良時代より延々と続いていた。鎌倉時代には女性が男性の家に入る事が増えてきて室町時代になると結婚は家と家を結びつけるものとして儀式化が進む」

ミサキさんがメモを取っている。ミサキさんがメモを取るところを久しぶりに見た。

「花嫁が花婿の家に行って盃に三度酒を注ぐ儀式なども行われた」

「三三九度の原型かしら」

「そうだろう。ただ、この頃の式は花婿と花嫁の二人だけで行われていた」

「あら寂しい」

ミサキさんはチラリと村木老人に視線を走らせると「でも、それでいいのかもしれませんね」とつけ加えた。

「儀式が行われる場所も花婿の家だ」

　喜多川先生はかまわずに話を進める。

「結婚式場は……」

「そんなものは存在しない」

「そうですか。だったら最初に結婚式場で結婚式を挙げたのは……」

「日本の最初の結婚式は明治三十四年に日比谷大神宮で行われた」

「神前式ですね」

「一説には結婚式がない事を外国から批判されて行われたとも言われている」

「外圧ですか」

「実際のところは判らないが」

　喜多川先生はグレンフィディックを一口飲む。

「教えていただいてありがとうございます」

　結婚しても如才なさは相変わらずか。少し輝きを失ったように感じるのは僕の心が曇ったからだろう。

「フグの唐揚げをどうぞ」

「フグ？」

「唐揚げにしてみました。おいしいですよ」

　すでに僕と喜多川先生の前には皿に盛られたフグの唐揚げが置かれている早業だ。

（有無を言わさぬ強引な商法はミサキさんだから許されるのか僕と喜多川先生だから許してあげているのか）

その辺のところはよく判らないけど。

「ミサキさんってフグ調理の資格を持ってたんだ」

「持ってますよ」

意外だった。

「もっとも、その唐揚げはスーパーで売ってる毒抜き処理を施されたフグを買って調理したんですけど」

「スーパーで売ってるんだ」

「最近は売っているところもありますね」

さすがに詳しい。

「どうですか？　お味は」

「おいしい」

すでに食べていた喜多川先生が答える。

「よかった」

「ホントだ。これは魚というより最早《もはや》、肉だね」

「ですよね」

「下手をしたら鶏カラよりおいしいかもしれない」

「お気に召していただいて何よりです」

村木老人に目を遣《や》ると貪るようにフグの唐揚げを食べている。よほど好物なのだろう。

（毒はともかく老人なのだから慌てて食べない方がいい。喉に支《つか》えでもしたら大変だ）

心配になってくる。

「私はね」

フグの唐揚げをあっという間に平らげてナプキンで口元を拭きながら村木老人が話しだす。

「天草四郎は実在しなかったんじゃないかと思ってるんですよ」

出た。村木老人の不要な爆弾発言。歴史学者を名乗る割に、この店の中でさえ業績を挙げられない事で焦りを募らせての無理した発言と見た。しかも天草四郎の話は終わっている。ミサキさんが〝江戸時代には天草四郎のようなクリスチャンはどんな結婚式を挙げたのかしら〟という話題は喜多川先生の〝江戸時代に結婚式などない〟という一言で終わったはずだ。

「ええ？」

なのに例によってミサキさんが大袈裟に驚いてみせる。考えてみれば以前からのこの連係プレイもミサキさんが村木老人に好意を寄せているが故だったのか？　そうなら悔しいけど。

「天草四郎が実在しない?」

「はい」

村木老人はニコニコと答える。

「だって天草四郎は教科書にも載ってるんですよ」

「その通りです」

僕は思わず口を挟んでしまった。

村木老人に一矢報いたいなどという邪《よこしま》な気持ちからではなく純粋に歴史認識の過ちを訂正したいという学徒としての気持ちからだ。

「柳生十兵衛と戦ったり」

ぜんぜん違う。ミサキさんはおおかた『魔界転生』などのフィクションと混同しているのだろう。

「天草四郎は島原の乱を主導した歴史上の人物だよ」

僕が正しい天草四郎像を伝授する事にしよう。

「島原の乱ですか」

島原の乱とは江戸初期に肥前島原と肥後天草……現在で言えば長崎県と熊本県で起こった一揆だ。

一六三七年（寛永十四年）に島原藩と唐津《からつ》藩天草諸島の農民その他が過酷な年貢負担などから両藩の支配を拒否して起こしたものと僕は理解している。

その首領はキリシタンたちの力を結集した益田《ますだ》四郎時貞《ときさだ》またの名を天草四郎という十七、八歳の少年だった。

島原の乱を収めようと幕府が派遣した上使、板倉重昌《しげまさ》は討ち死にしたが二人目の上使、松平信綱《のぶつな》が一揆勢を滅ぼした。一揆側で生き延びた者はほとんどいなかったと記憶している。

「そう。天草四郎は島原の乱の首領。そんな人物が架空であるわけがないでしょう」

この話はここで終了だ。

喜多川先生に判定してもらうまでもない。ここは僕が判定を下す。

「架空だという可能性はある」

え？

喜多川先生……。まさか村木老人への結婚のご祝儀として珍説を認めてあげた？

（学問に忖度《そんたく》は不要のはずだけど……）

いったい、どうしちゃったんだ喜多川先生は。

「喜多川先生。どういう事ですか？」

僕は思わず訊いていた。喜多川先生の事だから、きっと村木老人に対する反論への皮肉な伏線になっているのだろう。そう信じたい。

「実は天草四郎の姿を見た者は誰もいない」

「え？」

どういう事だ？

「姿を見た人がいない？」

「ああ」

喜多川先生が返事をすると村木老人が嬉しそうに頷いている。

（喜多川先生と村木老人の連係プレイ）

やはり今夜は異常な事態が進行している。

いや、その前に……。

「喜多川先生。天草四郎の姿を見た人がいないって本当なんですか？」

「本当です」

村木老人が答えた。喜多川先生に訊いたのに。だけど村木老人の答えに喜多川先生が頷いている。

「いったい、どういう事なんですか？」

僕はあからさまに視線を喜多川先生に向けて訊いた。村木老人には答えてもらいたくない。

「こういう事なんです」

村木老人が答えようとする。喜多川先生を煩わせるまでもないか。

「豊後府内《ふない》の目付が松倉家の家老から伝えられた〈島原一揆之子細〉を元に大坂城代、大坂町奉行に島原の乱の報告をしているんですが、それによると〝四郎出候と風聞御座候が、四郎儀はゐ候も、ゐ申さず候もしれ申さず候〟すなわち〝天草四郎は、いるのか、いないのか判らない〟と報告しているんです」

「え、そうなんですか？」

思わず村木老人に訊いてしまった。

「そうなんですよ」

村木老人は嬉しそうに答える。

「確実な史料で領主側に〝四郎殿〟の存在が伝えられるのは熊本藩細川家家臣の道家七郎右衛門による現地報告なんですが〝四郎殿と申して、十七、八歳の人が天より降りてこられた〟となっています」

「天より……」

「はい。しかも、これはすべて〝敵より申し候〟と記されているように一揆勢が領主側に向かって叫ぶ声を聞いたものです」

「聞いた……。じゃあ見た人はいないんですか？　その……一揆側じゃなくて領主側、あるいは第三者的な人間で」

「城中の一揆勢でさえ誰も四郎の姿を見ていない」

そんな……。

「城中の一揆勢でさえ誰も見ていないんじゃ第三者的な人間ならなおさら見ていないでしょうね」

「一人だけ見た者がいる」

喜多川先生が答える。

「それは？」

「筑後久留米の与四右衛門という商人だ」

「商人なら第三者ですね」

「だが実際に戦った領主側の人間が誰一人見ていないのだから信憑性《しんぴょうせい》に欠ける」

「たしかに」

「その与四右衛門さんは、どういう状況で四郎を見たのかしら？」

「四郎が船から下りて馬に乗るところを見ている」

「そうですか」

ミサキさんは少し考える様子を見せた。

「でも与四右衛門さんは、どうしてそれが四郎だと判ったのかしら？」

「あ」

思わず声が出てしまった。

たしかに誰にも見られていない天草四郎を天草四郎だと認識する事はできないはずだ。

「風聞に伝え聞く天草四郎の形《なり》をしていたからだろう」

「服装とかですか？」

「ああ。だが同じような服装をした人物は実は大勢いた」

「そうなんです」

今夜は喜多川先生と村木老人の連係プレィが多い。

「肥前佐賀藩家老が幕府に書状で島原の乱の発端を報告しているんですが、それによると〝若輩の童が前触れもなくやってきて奇妙な教えを説き村人をキリシタンに立ち返らせたところ、藩の役人がこれを改めたので一揆が起こった〟となっているんですが」

「若輩の童ですか」

「はい。別の家臣はその童を〝十六、七のわっぱ〟と報告しています。また〝四郎の如く出立ちをした〟とも」

「四郎のような出立ち……。じゃあそれが」

「四郎の分身だ」

村木老人が嬉しそうに頷いている。

僕が知らなかった事を村木老人が知っていた事が悔しい。

(歴史学者を名乗るだけの事はあるか)

僕は、ほんの少しだけど村木老人を認めた。

(もっとも〝歴史に詳しい老人〟レベルではあるけれど)

いやしくも学者を名乗るのなら研究業績がほしい。

「すなわち」

何の業績もない村木老人の珍説に喜多川先生がお墨付きを与えようとしている。

「天草四郎とは島原の乱の重鎮たちが創りだした架空の人物だろう」

喜多川先生のお墨付きを得て僕も、ようやく納得。

「すごい」

ミサキさんが拍手をした。

「お二人の連係プレィ、見事です」

〝お二人〟ではない。村木老人が言っただけでは妄想と取られかねない奇説を予《あらかじ》め知っていた喜多川先生が確認しただけだ。それと、すでに村木老人は自分の夫なのだから敬語を使うのはおかしい。

「でも……」

ミサキさんが右手の人差し指を立てて頰に当てた。

「本当にそうでしょうか？」

はあ？

何を言っているのだろう、ミサキさんは。天草四郎が架空の人物だという事はいま喜多川先生が証明したではないか。

「突如として現れた天草四郎という名もない人物にみんなついてゆくでしょうか？」

「だから」

僕は憤懣《ふんまん》やるかたないといった体《てい》で肩に力を入れる。

(今までは天草四郎＝架空の人物説など知らなかったのに)

我ながら自分の豹変振りがおかしい。でも喜多川先生がお墨付きを与えた説だから今はその説の信奉者だ。

あまつさえ、その説の補強説まで自分で構築するほどには。

ちなみに〝あまつさえ〟とは〝その上に〟という意味だ。

「天草四郎は島原の乱の首謀者が創りあげた架空の人物なんだよ」

「架空の、という事は天草四郎という名前はそれまでは知られていない」

「架空の人物なんだから当然そうだろうね」

「つまり無名の若者ですよね？」

「そうなるね」

「無名の若者に、みんなついてゆくでしょうか?」

「あのねえ」

呆れてものも言えないとはこの事だ。

「ジャンヌ・ダルクだって〝無名の若者〟だよ」

どうしてこんな簡単な事にも気がつかないのか。

「でもジャンヌ・ダルクには、みんな会ってますよね?」

「え?」

「実際に会っているからカリスマ性の輪が広がった。でも天草四郎には誰も会ってないんです」

どうしてこんな簡単な事にも気がつかなかったのか。僕の馬鹿。

「カリスマ性が広がる余地がありません」

たしかに。

「なのに、どうして首謀者は架空の人物を創りあげなきゃいけなかったんでしょう?」

「それは……」

天草四郎が架空の人物だと、いま聞いたばかりの僕に判るわけがない。

「それに架空の人物に大勢の人間が従った事も不思議です」

不思議発見。

「それを成し遂げるには名前にカリスマ性がないといけないと思うんです」

「名前に？」

喜多川先生が右目の目蓋《まぶた》をピクリと上げながら訊き返した。

（やばい）

これは喜多川先生が相手を叩きのめす前のサインなのだ。

（喜多川先生が本気で怒った）

知らないぞ。結婚のご祝儀など吹っ飛ぶほどの暴論を吹っかけてきたこの新婦が悪い。

「はい」

「どういう事かね？」

そうだ。意味が判らない。

「天草四郎という名前です」

ちょっとかっこいい名前だと思う。カリスマ性がある名前と言えるんじゃないか？

「たしかに〝天草四郎〟という名前にはカリスマ性が感じられるけど」

「あたしが言った〝名前のカリスマ性〟とはそういう意味ではありません」

じゃあどういう意味なんだ？

「どういう事かね？」

僕の疑問を喜多川先生が代弁してくれた。この辺りは名コンビの呼吸を思わせる。ちょっと烏滸《おこ》がましいけど。

「名前のある人が〝天草四郎〟を名乗ったという事です」

「名乗った？」

「もしくは〝天草四郎〟を創った」

「そういう事ですか」

村木老人が呟いた。

（感じ悪い）

自分たちだけで判ったフリをする夫婦アピール。

ところで結婚したという事は、もう一緒に住んでいるのだろうか？

（当然、そうだろうな）

だとしたらこの店はいつまで続けるのだろう？

そんな疑問が頭を過《よぎ》った。

（いけない。今は歴史バトルに集中しよう）

歴史バトルに集中しなければならない義理はないのだけれど歴史の間違いは修正しなければ気が済まない性分だから仕方がない。

「誰か名前にカリスマ性のある……すなわち名の知れた人物が〝天草四郎〟を名乗った、あるいは創りあげた、という事ですね？」

「その通りです」

この夫婦は、いつもお互いに敬語で会話しているのだろうか？

「さすが村木先生。すぐにあたしの言わんとするところを察してくれました」

のろけか？

他人の前で夫の自慢をしてどうする。

「誰が？」

喜多川先生が辛辣な一言を投げつけた。

くだらない議論を一言で終わらせようとする気迫まで感じさせる質問だ。

「誰が〝天草四郎〟を名乗ったというのかね？」

そんな人物などいるわけがない。その答えを前提とした相手を追いつめる質問だ。

「誰でしょう？」

頭が痛くなった。

（自分でも判らなかったのか）

ここは喜多川先生の頭脳を煩わせる必要はない。

「だいたい、どうして自分の名前を隠して〝天草四郎〟なんて架空の名前を創らなきゃならないんだよ」

僕がとどめを刺した。このバカップルに。僕の頭脳は喜多川先生の良質問を聞いて勢いづいたのかもしれない。

向こうが迷コンビなら、こっちは名コンビだ。

「隠さなきゃならない理由があったに決まってるじゃないですか」

一言で粉砕。

（いや粉砕されてどうする）

喜多川先生を守らなければならない立場の僕が。

「どんな理由だよ」

僕は多少きつめの語気で尋ねた。

（脳天気なミサキさんには、これぐらい、きつく言わないと伝わらない）

そう思ったからだ。

「それは判りませんけど」

伝わってない！

どんだけ鈍感なんだ。

「推理してみましょうか」

何を？

「喜多川先生が看破したように天草四郎は実在の人物ではなくて架空の存在だったというところまでは確認できました」

村木老人の説ではなくて喜多川先生の説に転嫁？

この辺りは手柄を客に譲る凄腕商売人の習性か。逆に言えば村木老人は最早〝客〟ではないのか。

それはともかく……。

喜多川先生が唱えた説なのだから〝天草四郎＝架空の存在〟説は動かない。

「加えて天草四郎を創りあげた人物は、それを周囲に納得させるだけのカリスマ性がある事も確認できました」

自分の説だろ。

ただ喜多川先生が異を唱えないのであれば僕に異存はない。

問題はその先だ。

「その人物には、どうしても存在を隠さなければいけない理由があった」

ミサキさんの声には力がある。

しかも〝これが結論です〟みたいな雰囲気を醸しだす言い方もうまい。

もともと綺麗な声をしている上に選ぶ言葉と言い方が相まってミサキさんの説が正解みたいに聞こえてしまう。

（これがミサキマジックか）

翻るに僕は声に自信がないのだ。

（威厳がないというか）

ここは声に威厳がある喜多川先生にがんばってもらうしかない。

「存在を隠さなければいけない理由とは？」

やはり喜多川先生の声には威厳がある。これは飄々《ひょうひょう》とした村木老人にはないものだ。もちろん若いミサキさんにも。

「何でしょう？」

逆質問してどうする。

「そんな人物などいない」

出た。喜多川先生の一刀両断。マジでそういうタイトルの週刊誌コラムを書いてほしい。

「〝天草四郎〟は島原の乱の重鎮たちが合議制で創りあげた共同体だ」

「先ほども言いましたように人は見た事もない人物にはついてゆきません」

そうだよな……って、またミサキマジックに納得させられるところだった。がんばれ喜多川マジック。

「名前を隠さなければいけないような人物にも、ついてゆかないのではないかね？」

「普通はそうです」

この断言できる話法、自信はどこから来るのだろう？

「でもその人物の名前があまりにも大きかったら？」

「大きいって大物ってこと？」

「さすがです」

そのまんまだろ。馬鹿にしてんのか？

「その人物が大物だから周囲の人たちも、その人物の事情を考慮して名前を隠す事を受けいれた」

「どうしてそこまでして名前を隠さなければならないのだ？」

「それを推理します」

ミサキさんは悪びれることなく客の前でカクテルを一口飲んだ。淡いオレンジ色のカクテルだけど今まで見た事がない。

「罪人かしら？」

「罪人なら、たしかに名前を隠さなければならないだろう。だが罪人は普通は捕まっているものだ。逃走中の罪人で大物の人物が当時いたというのかね」

「逃走中は難しいかもしれませんね」

ほら見ろ。

「もしかしたら追放されたとか」

「追放？」

「はい。だとしたら密《ひそ》かに戻ってくる事もできますよね。しかも戻ってきた事を幕府には隠さなければならない」

「そんな人物はいないよ」

僕は断言した。断言は何もミサキさんの専売特許じゃない。

「当時、追放された大物なんて見当たらない」

これでも僕は史学科の優等生だ。めぼしい歴史上の人物はおおむね記憶している。

「ですよね」

終了――。

「それにキリスト教に精通していなければならない」

むごい。

ただでさえミサキさんは瀕死の状態なのに喜多川先生がさらにとどめの一言をつけ加えた。

「キリスト教……」

ミサキさんが惚《ほう》けたように呟く。かわいそうに。喜多川先生にとどめを刺されて心神耗弱の状態に陥ってしまったのだろう。

「島原の乱はキリシタンの戦いでもあるからね」

「あ」

今ごろ気がついたのか。今まで島原の乱がキリシタンの戦いでもあるという肝心要《かなめ》の部分を忘れて議論していたとは……。

話にならない。

「判っちゃった」

自分の間抜けぶりが判ったのか。

「その人物が判っちゃった」

「え？」

僕は思わず間抜けな声を発した。

「その人物って？」

「島原の乱の本当の首謀者です。つまり名前を隠さなければいけなかった大物の名前ですよ」

なんだって？

「誰だ？」

喜多川先生がやや気色ばんで訊いた。無理もない。そんな人物などいないのだから〝判った〟というのは見当違いの勘違いに決まっている。それをすぐにでも正したい気持ちから喜多川先生は気色ばんでしまったのだろう。

「高山右近《たかやまうこん》です」

思わず声が出た。〝は〟の部分は思わず出て〝あ〟の部分は意識して非難の気持ちを込めたかもしれない。それほどミサキさんの発言は見当違いも甚だしかったのだ。

「高山右近ならキリスト教に誰よりも詳しいですよね？」

だからといって……。

高山右近はキリシタン大名だ。高山将監《しょうげん》とも称す。

織豊期、江戸初期の武将で山崎の戦いでは羽柴秀吉に従った。播磨明石城主だったけど伴天連《バテレン》追放令によって改易されて前田利家に寄食。慶長十九年（一六一四年）に江戸幕府の禁教によってマニラに追放されその地で死去した。

「高山右近って日本にいないじゃないか」

「だからこそ名前を隠さなきゃならなかったんですよ」

「だけどマニラで死んでるよ」

終了――。

金沢にいた高山右近は追放令が出た後に金沢を去り大坂に護送され、さらに長崎の地からマニラに旅立ちマニラで人生を終えた。

「本当に死んでいるのでしょうか？」

「はあ？」

どうしてミサキさんは決定的証拠を突きつけられてもめげないんだ？

「死んでるよ。教科書に書いてある」

「聖徳太子」

かつての常識だった聖徳太子という名前は今の教科書では厩戸皇子に置き換えられている。つまり教科書に載っている事が正しいとは限らない。前回、そんな話をしたっけ。だけど今回は……。

「死にかたが引っかかるんです」

「死にかた？」

「はい」

「どういう事だよ」

思わず口調がぞんざいになる。

「マニラに着いた途端に死んでるんですよ。何か計画的に死んだ事にしたような気がしません？」

ミサキさんに言われるとそんな気になるから不思議だ。

「右近はマニラに到着して四十日ほどで亡くなっているんです」

知ってた。たしかに安住の地に着いて終《つい》の棲家で余生を暮らそうとした矢先というタイミングでの死は早すぎる気もする。

（だけど……）

ミサキさんに負けてはならない。喜多川先生の口を煩わせないためにも。

「いつ死ぬかなんて誰にも判らないよ。たとえば僕がこの店で食べたつまみに中《あた》って食中毒で死んでしまうかもしれない」

「ですね」

そこは否定しろよ。

「まして江戸時代の船旅だよ。それも外国のマニラまでの長い船旅。疲労が蓄積して死に至る事があっても、ぜんぜん不思議じゃないと思うよ」

「それはそうなんですけど出発した時も不自然なんですよ」

「え？」

「やけに慌ただしく出発してるんですよ」

「そうなの？」

「はい。ジャンクや小型船が慌ただしく掻き集められて風向きや定員なんかはお構いなしに出航してるんです」

知らなかった。

「外国に行く、まして当時ですから今よりも、もっと入念な準備がいると思うんです」

ミサキさんは、どうしてこんなに高山右近に詳しいんだ？

「高山右近は、もしかしたら出国していない可能性もあると思うんです」

なんだって？

「そう考えるとその慌ただしさに説明がつきます」

「高山右近は役人の監視下にある」

喜多川先生が出動。

「その状況下で、そんな事は不可能だろう」

「今の感覚ではそう思えるでしょう。でも江戸時代の監視ってそんなに厳格だったのでしょうか？」

歴史学者に向かって何をほざいている？

（喜多川先生を邪智暴虐のバーテンダーから守らねばならぬ）

僕はメロスのように決意した。

「そういえば」

その決意を砕く山賊のように村木老人が口を挟んできた。

「高山右近の遺体はマニラのサン・ホセ学院の聖堂に安置されている事になっていたんですが、その後の調査で高山右近の遺体は消失していたそうですよ」

マジかよ。

「消失したとも、その後、見つかったとも言われている」

どっちなんだ？

「いずれにしろ四百年以上前の外国での出来事だ。どちらかに断定するのは難しいだろう。死を偽装したのなら埋葬も偽装するだろうし」

「喜多川先生。貴重な情報をありがとうございます。高山右近があまりにも慌ただしく日本を出国した事。マニラに着いた途端に死亡した事。高山右近の遺骸の所在が断定できない事。これは高山右近が実はマニラに着いていない事を隠すための工作だったんじゃないかしら？」

いくらそれらの事実があったとしても……。

「ぜんっっっっぜん歳が違うよ」

「歳？」

「ああ。高山右近は天文二十一年（一五五二年）生まれ。もし仮にミサキさんが言うように高山右近が島原の乱の黒幕だったとしたら、その時には八十六歳だよ」

終了――。

「という事は……」

村木老人が口を挟んだ。さすがの村木老人も僕が繰りだす必殺パンチの威力に気づいたようだ。

「そう。八十六歳の高山右近に対して島原の乱当時の天草四郎は紅顔の美少年」

ちょっと講談っぽい演出が入ってしまった。まあいいか。要は老人ではなく少年だという事が判ればいい。

「十七、八歳ですな」

「その通り」

ついに村木老人が僕の軍門に降った。

「かたや老人。かたや少年。高山右近と天草四郎は正反対の人物だよ」

「当然でしょうね」

はあ？

僕の必殺パンチがミサキさんには効いてない？

「正反対にするほど安全じゃないですか」

どーゆーこと？

「なるほど」

喜多川先生には一発で判ったのか。

「天草四郎が島原の乱の黒幕によって創造された人物だという点は私とミサキ君で一致している」

「はい」

「そしてミサキ君は島原の乱の黒幕は高山右近だと言う」

「はい」

「もし島原の乱の黒幕が高山右近だとしたら高山右近は日本から追放されているのだから日本にいたらまずい事になる」

「そういう事ですか」

ようやく納得できた。

「自分の正体を隠すためには創りあげた〝天草四郎〟のプロフィールは自分とかけ離れているほど疑われにくい」

「はい。つまり正反対の人物像になるのは必然なんです。不思議でも何でもありません」

やられた。

ミサキさんがドリンクのおかわりを差しだした。喜多川先生にはグレンフィディックのロック。僕にはハイボールを。この辺りは商売に対する目配りも抜かりない。

「鯛とヒラメのお造りです」

ちょうどフグの唐揚げを食べ終わったところだった。

（タイミング良く次のつまみが出てくるのはありがたいけど、ちょっと高そうじゃないか？）

まあいいか。喜多川先生が文句も言わずに食べ始めているし。

「高山右近だったら名前のカリスマ性に問題ないと思うんです」

そりゃそうだろうけど……。鯛の刺身はおいしい。

「たしかに高山右近はビッグネームですな」

また村木老人の援護射撃か？　ヒラメもおいしい。

「しかし実務の面はどうですかな？」

この辺りは婦唱夫随のアシストか？

「島原の乱は大がかりな戦ですよ。相当の戦上手でなければ務まらないはずです」

「高山右近は関ヶ原の戦いでも戦功を挙げています」

「関ヶ原の戦いで？」

「はい。東軍の前田家において高山右近は軍奉行の地位にありました」

「軍奉行……」

「前田家中において右近ほど経験豊富な指揮官はいなかったんです」

そうなのか……。

「前田利長が小松城に籠もる丹羽《にわ》長重を攻めようとした時も、それを止めて大聖寺城を攻める事を進言しています」

「その進言は妥当だったの？」

「はい。堅城で知られる小松城を攻めて手こずれば士気に関わりますから。人々は右近の深謀遠慮に感心したと新井白石も著書に残しています」

ミサキさんこそ歴史学者じゃないのか？　そんな気がしてきた。

「島原の乱では一揆勢によって寺院が放火されたり破壊されたりしていますけど右近にも過去に寺院破壊の実績がありますよね？」

喜多川先生が頷く。

（あったのか）

ミサキさんは、いつの間にそんな勉強をしたんだ？

（もしかしたら僕に会う時のために……）

しまった。ミサキさんは既婚者だった。

「一揆勢が原城に籠もった策はどうですか？　その……高山右近的には」

島原領の有馬村に集結した一揆勢は現在の長崎県南島原市に位置する原城に籠城して本拠とした。

「高山右近は城造りの名手ですから籠城のやりかたも心得ているんじゃないかしら」

「そうなの？」

僕は間抜けな問いを発してしまった。

「はい」

だけどミサキさんはそんな僕の間抜け振りを強調しないように自然に返事をした。

「それも右近が設計した城は高槻城にしろ金沢城にしろ元々あったお城に手を加えたものなんです。これは原城のケースと似てますよね」

言われてみれば似ている。原城は廃城となっていたものを修築して籠城したのだから。

高山右近の習性が表れているとも言える。

「築城の名手と謳《うた》われた右近は秀吉に見込まれて大坂城の築城にも参加していますし金沢でも右近の指揮で城と城下の大改造に取り組んでいます」

「そうなんだ」

「特に右近は敵の攻撃を防ぐ内惣構《うちそうがまえ》を城の周りに念入りに施しています」

籠城して敵の襲撃に備えることにも長けていそうだ。

「高山右近は島原の乱の首謀者としての条件もピッタリと当てはまるんです。いいえ。高山右近以外に当てはまる人なんていないんです」

ミサキさんの断定が心地よい。

（ハッ）

いけない。ミサキさんの断定よりも喜多川先生の一刀両断の方が心地よい。はずだ。

「どんなところが？」

喜多川先生が反論のための下地を作る。

「高山右近がキリスト教に精通しているところは、もう聞いたが、そのほかには？」

喜多川先生の機先を制す先制パンチ。笑いが自然にこみあげてくる。〝高山右近がキリスト教に精通していること〟を喜多川先生が挙げてしまったのでミサキさんは言う事がなくなった。

「反乱軍をきちんと組織化しているところです」

言う事があった。

（まだ残っていたと言うべきか）

いずれにしろ侮れない。

「天草四郎は反乱軍を組織化していたけど高山右近にそんな能力があったの？」

僕が喜多川先生の代わりにミサキさんを追いつめる質問を発する。

「反乱軍すなわち一揆勢を組織化する事は並大抵の事ではない」

喜多川先生が僕の質問に重ねてミサキさんを追いつめる。

「なにしろ重税に苦しむ農民と弾圧されているキリシタンを一つにまとめなければならないのだからな。両方の民の心を導くテクニックが必要だろう」

「多くの大名たちをキリシタンに改宗させたのは、ほとんどが高山右近なんですよ」

「う」

喜多川先生が何かを喉に詰まらせたようだ。

「大丈夫ですか？」

すかさずミサキさんがコップに水を入れて差しだす。

「大丈夫だ。ありがとう」

喜多川先生は水をゆっくりと飲みほすとコップを返した。

「当時の日本人、それも大名たちを異国の宗教に改宗させるのは大変だったろうな」

水をもらったお礼のつもりか喜多川先生がミサキさん寄りの発言をする。

「そう思います」

「それだけの影響力を高山右近は持っていたという事だな」

「はい」

喜多川先生は認めるべきところは認める。これが真の学者のあるべき姿だろう。

「それに、いちばん肝心な点は喜多川先生が教えてくれたじゃないですか」

「私が？」

「はい。天草四郎の姿を見た人はいないって」

敵の攻撃を逆手に取る超絶テクニック！

「それに島原の乱の趣旨は聖戦ですよね？」

「そうなの？」

「そうだ」

喜多川先生が断言した。

「一揆勢は〝サンティアゴ！〟という鬨《とき》の声をあげて大名家を攻撃している」

「サンティアゴ……」

「これはキリスト教においてイスラム軍に占領されたスペインを救った指導者、聖ヤコブのスペイン名だ」

「そうだったんですか」

知らなかった。このバーは勉強になる。

「マルコスの預言もありますよ」

マルコスの預言……何だそりゃ。

「何だね？　それは」

喜多川先生も知らなかった！

「天草上島《かみしま》からマカオに追放された宣教師マルコス・フェラーロが著した預言書です」

「どんな内容だ？」

「今から二十五年後、この世は終末的状況に覆われるが天は信者たちを救済するために〝幼き善人〟を遣わされるであろうというものです」

「なるほど。島原の乱は、その預言書に導かれて起こったというのか」

「はい」

「都合が良すぎる預言だな。おおかた島原の乱の首謀者が作った偽書だろう」

「かもしれません。でも島原の乱が聖戦である事の傍証にはなります」

首謀者が島原の乱を聖戦だと思っていたからこその偽書。喜多川先生も頷いている。

「多くの大名たちが天下統一を目指したようにキリシタン大名である高山右近は聖戦を夢見ていたのかもしれません」

「聖戦を？」

「高山右近は筋金入りのクリスチャンです」

たしかに幕府の度重なる棄教命令や脅しにも屈せずキリスト教を捨てなかった。

「そんな筋金入りのキリシタン大名が目指すものはクリスチャンによる天下統一……そのための聖戦です」

「そうかな」

「現に高山右近が加賀に赴いてからは周囲の有力者たちを次々と改宗させて〝加賀は日本一のキリシタン王国〟と呼ばれているんです」

キリシタン王国……。

「右近はキリシタンの楽園を夢見ていたのかもしれません。だとしたら聖戦である島原の乱を高山右近が指揮していると考えるのも理屈に合います」

たしかに。

「高山右近の脳裏にはガスパル・コエリョの事があったのかもしれませんね」

誰だよ、それ。

「ガスパル・コエリョは伴天連追放令が出された当時のイエズス会の最高責任者です」

迂闊《うかつ》にも知らなかった。

「ガスパル・コエリョは追放令が出た後に大名たちに武器を提供して秀吉への武力蜂起を呼びかけているんです」

「そうなの？」

「はい。フィリピンにも日本への派兵を要請しています」

「いずれも実現しなかったが」

喜多川先生は知っていたのか。

「実現しなかったからこそ高山右近は〝自分がやらねば〟って思ったんじゃないかしら」

なるほど。

でも……。

まだ疑問がある。

「どうして島原なんだ？」

「え？」

やった。ミサキさんの虚を突いた質問だったようだ。

（逆転の突破口になるかも）

僕は勢いづいた。

「高山右近は金沢にいたんだろ？」

「ですよ？」

疑問符で返してどうする。

「なのにどうして聖戦の地に九州の地、それも島原を選んだんだ？」

「だって高山右近は島原に縁がありますから」

「そうなの？」

「はい」

いとも簡単にあしらわれた気がする。

「高山右近は伴天連追放令の後に九州に渡っているんです」

知らなかった。

でも……。疑問はまだある。

「島原の乱は勝つ見込みがないように思えるな。そんな無謀な戦いをしかけて本気で楽園を築きたいなんて思っていたんだろうか」

「キリシタンだから神のご加護を待っていたのかもしれないわ」

「そんな非現実的な事を戦の大将が期待するかな。いくらキリシタンだからって。勝算があっての神のご加護でしょう」

「ポルトガルの援軍を待っていたんじゃないかしら」

「え？」

「ガスパル・コエリョはフィリピンにも援軍を呼びかけています。右近もそれに倣ったなら……」

喜多川先生のグラスが残り少なくなっている。

「長崎にはポルトガル商館があります。そこに使者を派遣していたら……」

「派遣していたの？」

「判りません。でも一揆側は日本各地に使者を派遣していますからポルトガル商館に使者を派遣していても不思議はありません。ポルトガルからの援軍の船……それが来る事が神のご加護だったんじゃないかしら」

「結局、ポルトガルの援軍は来なかったが」

「はい。幕府も警備を強化していましたから。でも高山右近が聖戦の地を島原に選んだのもポルトガル商館の存在があったからかもしれませんね」

なるほどね。

「右近は秀吉の伴天連追放令のあと島原、有家《ありえ》などにも身を隠しています」

島原に……。

「有家？」

喜多川先生は島原じゃない方に反応した。

「そうなんです！」

なんだか僕だけ蚊帳《かや》の外のような気がしてきた。

「島原の乱で一揆勢が立てこもった原城の惣取《そうどり》、すなわち城内を統括していたのが四郎の舅《しゅうと》と言われている有家監物《けんもつ》じゃなかったかな」

「有家監物……」

「有江とも記されているが要するに有家村の住人だ」

有家村……。

（島原の乱は有家村とも関係が深かったのか）

その有家村を高山右近は訪れている。となると……。

高山右近は島原と有家という二つの土地によって島原の乱と繋がっている……。

「こう考えると天草四郎の背後には確実に高山右近がいると思えてくるんです。いえ、それ以外の人物は天草四郎たり得ないんです」

「原城が陥落した時」

喜多川先生が最後の抵抗を試みようとする。だけど、その声にいつもの力強さがないと思うのは僕だけだろうか？

「すなわち島原の乱が鎮圧されて一揆側の人間が捕まった時、誰一人として高山右近の存在を幕府側の人間に漏らさなかったというのかね？」

「勿論です」

ミサキさんは落ちついている。

「高山右近の存在を知っていたのは周囲のごく一部の人間だけでしょうから」

「ごく一部の人間……。そんな秘密主義で、あれだけ大規模な一揆が起こせるものかな？」

「可能でしょうね」

その落ちつきはどこから来るの？

「ごく一部の人間といっても天草四郎の正体が高山右近だと知っているのは、いずれも影響力のある指導者たちです。その複数の指導者たちが先導すれば……」

「秘密を知らない者たちをも説得できる……」

村木老人がアシストをする。出た。婦唱夫随攻撃。

「なにせ指導者たちは高山右近の存在を知っているわけですから気合いが違います」

「だが」

喜多川先生はグレンフィディックを飲みほした。僕もいつの間にかハイボールを飲みほしている。

「いくら知っているのが少数の指導者層だけだからといって全く漏れないなどという事はありえないだろう。どこかに必ず漏れるはずだ」

虚しい抵抗に聞こえるのは僕だけだろうか？

「もしかしたら、その痕跡は残っているかもしれませんね」

え？

「痕跡？」

「はい」

「痕跡とは？」

喜多川先生が相手に縋《すが》るような抵抗を見せる。

「たとえば言い伝えなどの形で」

「その言い伝えを示してくれなければ意味がない」

「村木先生。何かありませんか？」

「そうですねえ」

美人妻に助けを求められて村木老人が頭を回転させる。だが現実に残っていなければいくら頭の中の記憶庫を探っても無い物ねだりだ。

「能登に伝わっていますね」

残っていた。

「でも……」

僕は最後の抵抗を試みる。一発逆転だ。

「能登に残っていてもしょうがないでしょう。島原の乱は長崎で起きてるんだから」

「高山右近は金沢に赴任してるんですよ」

「あ」

能登とは近い。

「高山右近は実際に能登にも赴任していたでしょうね」

また婦唱夫随の援護射撃か？

「イエズス会報告や宣教師の情報に基づいて描かれた日本地図がヨーロッパに残っているんですがシオやナジマという地名が残っているんです」

「シオにナジマ？」

「能登の志雄と輪島の事でしょうね」

能登に高山右近縁《ゆかり》の教会もあったという事かもしれない。

「仮にそうだとして、どんな言い伝えが残っているんですか？」

問題はそこだ。

「高山右近が密かにマニラから日本に帰国したという言い伝えです」

ええ？

「そんな言い伝えが」

「あります」

「火のない所に煙は立たないですからねえ」

夫の補足を妻がさらに補足する。ますます説は強くなる。

「もしかしたら〝監〟の字」

「ケン？」

「監督の監です」

「その字が何か？」

「高山右近が証拠に残したのかもしれません」

「どういう事だよ」

僕は多少、ぞんざいになる。

「有家監物時次の監です」

「有家って……天草四郎の舅か」

「もしかしたらこの人物こそ高山右近かもしれませんね」

「え、何でそうなるの？」

「だってそもそも天草四郎という十七、八歳の少年にみんながついてゆくでしょうか？」

今さら〝そもそも論〟を言われても……。

「実際には四郎の舅という事になっている有家監物が中心にいた可能性はあると思うんです」

「有家監物が高山右近だと？」

「はい」

「残念ながら監物の存在は記録に残っているよ」

「天草四郎が架空の存在なら、その舅だって架空ですよね？」

あ。

「高山右近の別名を覚えていますか？」

「高山右近の別名……。たしか高山将監」

「そうです。その将監の監の字を残したんじゃないでしょうか。有家監物に。監の字が高山将監と有家監物が同一人物だという事を暗示していたんです」

ミサキさんは僕と喜多川先生にカクテルを差しだした。

「これは？」

「〈エターナル・パライソ〉です」

「〈エターナル・パライソ〉……」

「パライソというリキュールをベースにした当店のオリジナルカクテルなんです」

オレンジ色のカクテルが見ているだけで喉を刺激してくる。

「マンゴージュース3、パライソ1に氷を適量入れてミキサーで攪拌《かくはん》しただけですけど」

僕は一口飲んだ。

高山右近、そして天草四郎が夢見た楽園が体の中に広がった。

徳川埋蔵金はここにある

珍しい。

店に入って、まずそう思った。

(村木老人がいないなんて)

そうなのだ。

今日は店に村木老人の姿が見えない。

(こんな事は、この店に通うようになって初めてだ)

村木老人がいつも坐るスツールの前のカウンターに数冊の週刊誌やグラビア雑誌が置かれている。まるでその雑誌が村木老人の代わりであるかのように……と見せかけて店の奥から出てきたら嫌みだけど。

「いらっしゃいませ」

ミサキさんの声に、いつもの張りがない。

「村木さんは今日はいないのかね?」

喜多川先生も気になると見える。

「村木は亡くなりました」

そうか。今日は村木老人は亡くな……。

「え？」

僕の聞き間違いだろうか？

「亡くなった？」

喜多川先生も訊き返している。ということは僕の聞き間違いではなくミサキさんは〝村木は亡くなった〟と言ったのだ。

「はい」

「本当かね？」

「冗談です……と言えたら、どんなにいいか」

ミサキさんの目に、うっすらと涙が滲んでいる。

「という事は冗談ではない、という事かね？」

「はい」

「それは……」

さすがの喜多川先生も絶句している。

「ご愁傷様でした」

間を置いて喜多川先生がお悔やみを言った。

何と言っていいのか判らなかった僕は喜多川先生がお悔やみを言ったタイミングで頭を下げた。

　しかし信じられない。この店に来れば必ず奥のスツールに坐っていた村木老人が亡くなったなんて。しかも、ほんの二週間前にこの店に来た時には笑顔で楽しくお酒を飲んでいたのに。

「いつお亡くなりに？」

「二週間ほど前です」

　僕たちが前回来た直後に村木さんは亡くなったのか。

「悲しすぎます。婚姻届を提出して受理された直後に亡くなるなんて」

　ミサキさんの悲痛な言葉に僕も喜多川先生も頷くしかなかった。

「前回、私たちがこの店を訪れた直後に亡くなったんだな」

　喜多川先生が呟くように言う。

「そうなんです」

　なんて事だ。

「死因は？」

　不躾な気がしたけど思わず訊いていた。

「フグです」

「フグ？」

「はい。フグの毒に中《あた》ったんです」

「それは……」

今夜のミサキさんは、こっちが絶句するような発言を連発している。

「フグは中ると怖いから鉄砲と呼ばれたりしていますけど……まさか本当に中って命を落としてしまうなんて」

フグにはTTX……テトロドトキシンと呼ばれる毒がある事は知っている。実際にテトロドトキシンを産生しているのはフグではなくてフグが食する海藻に付着している微生物らしい。完全養殖したフグからはテトロドトキシンは検出されないという記事を読んだ事がある。

「三津五郎が思いうかぶな」

「ミツゴロー？」

「八代目坂東三津五郎。歌舞伎役者だ。人間国宝でもあった人だが六十八歳の時にフグ毒に中って急逝した。好物だったトラフグの肝に中ってね」

「そうだったんですか」

「池上季実子のお祖父さんだよ」

その人も知らないけど。

「当時は大騒ぎだったらしいが」

喜多川先生も直接は知らないのか。歌舞伎にも造詣が深い喜多川先生ならではの知識なのかもしれない。

「村木さんは、どこの店でフグに？」

今夜の喜多川先生は珍しく質問が多い。それだけミサキさんの事を心配しているのだろう。

「この店です」

「え？」

「え？」

僕と喜多川先生が同時に声をあげた。

「この店？」

「そうなんです。あれほど自分で調理しちゃダメって言ったのに」

僕も喜多川先生もしばしの間、言葉を失っていた。

(この店で……)

いったいどういう事なんだ？

「店休日だったんです」

ミサキさんは問わず語りに話しだした。

「何か、お昼ご飯を作ってあげようと思ってお散歩の前に、この店に寄ったんです」

「店休日なのに？」

「はい。家よりも、このお店の方がガス台やキッチン用品が本格的ですから」

それはそうだろう。

「村木はフグが食べたいって言ったんですけど、あたしは〝それはやめましょう〟って止めたんです」

「どうして？」

「お店用に買ったものですから。スーパーで売っている除毒済みのものじゃありませんよ。こちらで毒を取り除かなければいけません」

「村木さんは毒を取り除く技術を？」

「持っていません。調理師免許も持ってないしフグの免許も持ってません」

そうだろうな。

「だからあたし、フグの代わりになるようなものを買いに出たんです」

「村木さんを店に残して？」

「そうなんです。それがいけなかったんです」

ミサキさんは目に涙を溜めて動きを止めている。

「ごめんなさい。思いだしちゃって」

「いや」

「村木さんは一緒に買物に行かなかったの？」

しまった。また思いださせるような事をつい訊いてしまった。しかもミサキさんに落ち度があるようなニュアンスを含んでいるかもしれない。

「村木は〝疲れたから店で待ってる〟って言ったんです」

「お歳だからな」

喜多川先生が理解を示す。

「そして、お刺身の盛りあわせを買って帰ってきたら……」

「村木さんが一人でフグを調理して……亡くなっていた」

ミサキさんは悲しげに頷いた。

「よっぽどフグが好きだったんだな」

喜多川先生の呟きにミサキさんは頷いた。前回来た時、貪るようにフグの唐揚げを食べていた村木老人の姿が蘇る。

「三津五郎もそうだった。毒性の高い肝を〝もう一皿、もう一皿〟と渋る板前を説得して注文して、最後は四人前も平らげたそうだ」

「好物をそんなに食べて……ある意味、幸福な最期だったのかしら？」

パチンコでスリーセブンの大当たりが出た瞬間〝バンザイ！〟と叫んで、そのまま脳溢血で死亡した男性の古いニュースをネットで読んだ事を思いだした。

「何になさいます？」

ミサキさんが悲しい話題を吹っ切るように明るい声で訊いた。

「そうだな」

ちょっと頼みにくい雰囲気になっているけれど。

「最初はビールにしますか？」

「そうしよう」

この辺はミサキさんと喜多川先生が大人同士の阿吽《あうん》の呼吸でバーでの段取りを進める。

(村木老人がいなくなったから臨時で喜多川先生が阿吽の呼吸の相手役を買って出ているのだろうか？)

頭がついてゆけなくてよく判らない。

「本当は村木が好きだった赤城山麓ビールをお出ししたいところなんですけど」

「赤城山麓ビール？」

「はい。赤城山麓ビールのピルスナーが好きだったんです。コクとキレが抜群で……。それでいて苦みもしっかりあって……」

「飲んでみたいな」

「でも見つからなかったんです」

「君でも見つからない事があるのかね」

喜多川先生はかなりミサキさんを信頼しているようだ。バーテンダーとしては。

「はい。調べたら醸造終了になっていました」

「それは残念だ」

「代わりにTOKYO隅田川ブルーイングのゴールデンエールをどうぞ」

「隅田川ブルーイング……」

「華やかな味わいのビールです」

色も華やかな黄金色のビールが細めのグラスに注がれて僕と喜多川先生に提供された。

(僕には注文を訊かなかったけど)

まあいいか。

喜多川先生がグラスを掲げた。おもわず乾杯と言いそうになって思いとどまった。こういう時は献杯と言うんだっけ? お別れの会などに出た事がないからよく判らない。

とりあえず無言でビールを飲んだ。

「ああ、おいしい」

しまった。お悔やみも言わずに食レポをしてしまった。

「よかった」

ミサキさんの笑顔は健在だった。それに僕の失敗をスルーしてくれる気配りも健在だ。

「おつまみはフグの刺身です」

「え?」

「冗談です」

ミサキさんはケタケタと笑った。どーゆー神経してるんだよ。

「本当は金目鯛の煮付けを用意しました」

冗談を言えるまでに快復した事を喜ぶべきなのか？　あるいは人は本当に悲しい時は
笑うしかなくなるという俗説を信じるべきなのか？

「何が起こるか判らないな」

喜多川先生が金目鯛の煮付けをつつきながら呟いた。

「本当にそうですね」

喜多川先生の呟きにミサキさんがしんみりと反応する。

（いまミサキさんがケタケタと笑っていたのは幻覚だったのか？）

そう思えるほどの変わり身の早さだった。

金目鯛の煮付けはおいしい。

「村木は不幸な事故でしたけど、あたしは老衰だと思う事にしています」

「老衰……」

意外な答えだった。言われてみれば村木さんは老人なのだ。

でも……。

「おいくつだったかな？」

喜多川先生がいつもの声の張りを取り戻して尋ねる。前に聞いた気もするけど忘れてしまった。

「七十八でした」

七十八……。高齢ではあるけれど老衰と言うには少し早い気もする。

（まあ寿命には個人差があるから七十八で老衰という事もあり得るのか）

よく判らないまま納得する。

「この店は……」

喜多川先生が言葉を止めた。今はまだ立ち入った事を訊くには早すぎると思ったのかもしれない。

「やめようと思っています」

例によってミサキさんが客の思惑を察して答える。

「え」

喜多川先生が思わず声をあげる。

僕も驚いた。

（いや、ご主人が亡くなって店どころではないんだろうな）

また心の中で納得する。

「やめてしまうのか」

「はい」

「寂しくなるな」

本当にそうだ。今では喜多川先生の講演の後などにこの店で歴史談義をするのが密かな楽しみになっていたのだから。

「すみません」

「いや、それは君の自由だから」

生活はどうするんだろう？

そんな下世話な心配が頭を過《よぎ》る。

（あ）

村木老人が、たいそうな資産家だった事を思いだした。

（ミサキさんは村木老人の唯一の家族なのだから遺産をすべて相続できるのか）

ぶっちゃけ働かなくても残りの人生に困らないほどに。

「いつ店を閉めるのかね？」

「今日です」

「今日？」

「はい。今夜でおしまいにしようと思っています」

「そうだったんだ……」

僕は思わず呟いていた。

「それは特別な夜に来てしまったな」

「光栄です」

ミサキさんが最後まで如才なささを崩さずに受け答えをする。

「高名な歴史学者の喜多川先生に来ていただいて同じ歴史を研究する者として村木も喜んでいると思います」

「そうなら良いが」

「もちろん村木は、そう思っているはずです。あたしもお二人が最後のお客さんでうれしい」

てゆーか他の客を見た事がないのだが。

「あ、閉店のプレートを下げてきますね」

そう言うとミサキさんはカウンターを出てドアの外側に〝ｃｌｏｓｅｄ〟の看板を下げてきた。

「これで心置きなく飲めます」

粋なサービスをしてくれる。我々が最後の客で良かったというミサキさんの言葉は満更ウソでもないようだ。

「村木さんって資産家だったんですよね」

ミサキさんの動きが止まった。

(しまった)

まずい事を言ってしまったようだ。

「そうなんですか?」

何をすっとぼけてるんだ?

「そうですよ。奥さんであるミサキさんが知らないわけないでしょう」

「知りませんでした。知りあって間もないし結婚してからも、そういう話はしなかったんです」

ホンマかいな。

「遺産相続などの手続きはしていないのかね?」

喜多川先生まで下世話な話題に首を突っこんできた。

「していません。遺産があるとは思わなかったので」

「そうか」

「でも、もし村木が資産家なら、その遺産は、あたしにとって埋蔵金みたいなものですね」

「埋蔵金?」

「はい。徳川埋蔵金。どこかにある。でも、まだ見つかっていない」

なるほど。徳川埋蔵金伝説か。

「明治維新……大政奉還によって江戸幕府が終わり江戸城が無血開城になった際に明治新政府は旧幕府の御用金を当てにしてたんだよな」

僕は知っている知識を呟いた。

「明治新政府は財政難だったそうですからね」

「うん。だから期待して江戸城内の金蔵を開けたら……」

「空だった」

僕とミサキさんの阿吽の呼吸。

（初めて決まった！）

と思う。

「当然、明治新政府は旧幕府がお金を隠したと思いますよね」

「そう。実際に明治新政府は、そう思って御用金を探した」

「でも見つからなかった」

「新政府は諦めない。所領の上野国《こうずけのくに》……今の群馬県に隠遁していた小栗忠順《おぐりただまさ》も調べられたんだ」

「大政奉還当時、勘定奉行だったんですもんね」

「それで〝小栗が幕府のお金を持って逃げた〟って噂が流れて……」

「でも小栗筋からも御用金は見つからずに小栗は処刑されてしまいますね」

「〝小栗が隠した説〟は、かなり強く信じられたし、その後も根強く信じられ続けたと思うよ。利根川を上ってきた船から何かを赤城山中に運んだっていう目撃者まで出てるし」

現在、認識されている徳川埋蔵金伝説とは〝幕府の将来を憂慮した大老井伊直弼《いいなおすけ》が将来の反撃を期して莫大な御用金を赤城山中に埋めた〟というものだろう。〝小栗が隠した〟説に井伊大老説を乗っけた形になっている。

「しかし見つかっていないとは言っても、ある事はあるんだろう？」

村木老人が亡くなって重しが取れた思いなのか喜多川先生が今日はやけに突っこんだ質問をする。

「徳川埋蔵金ですか？　それとも村木の遺産ですか？」

「村木さんの遺産だよ」

「先ほども言ったように村木の資産については話しあった事がないので判らないんです」

ウソだ。ウソに決まっている。夫婦の間でそれはない。ミサキさんがカマトトぶっているだけだろう。もしくは自分が莫大な遺産を相続すると知ったら客も白けるだろうと踏んでの気遣いか。

「あるよ」

僕は断言した。

「どっちですか？」

「どっちも」

「ホントですか？」

ミサキさんが目を輝かせた。

（出た）

客の心を一瞬のうちに包みこむ目の輝き。

（この目の輝きとも今夜限りでお別れと思うと寂しい）

僕は国定忠治の心境になった。

「でも、どうして安田くんが村木の遺産について断言できるの？」

どことなくミサキさんの口調が僕に対して親しみを増しているような気がするのは気のせいだろうか？

「ネットで見たんだ。村木さんは相当な資産家だってね」

「あるわけがない」

喜多川先生の重厚な声が聞こえた。

「え？」

僕は思わず訊き返した。

ミサキさんは無言で喜多川先生をチラリと見た。その目には親しげな輝きが消え挑戦的な光が宿っている。

「遺産はないと仰るんですか？」

「遺産の事は知らない。私が言ったのは徳川埋蔵金の方だ」

「聞き捨てなりませんね」

ミサキさんにしては挑戦的な言葉だ。客あしらいについては比類なき如才なさを発揮してきたミサキさんにしては珍しい。

（今夜で最後だから気を抜いたのか。それとも何か別の理由が？）

僕はミサキさんの次の言葉に注目する。

「村木が最後に研究していたのが徳川埋蔵金だったんです」

そうだったのか。

「だから徳川埋蔵金は、いわば村木のライフワークなんです」

前に村木老人のライフワークは八百屋お七だって言ってなかったっけ？

（あ）

村木老人は本を二冊書いていた。一冊は八百屋お七に関する本だけど、もう一冊は徳川埋蔵金に関する本だった。いま思いだした。

「村木はシュリーマンが情熱だけを武器に資産を擲《なげう》ってトロイの遺跡を発掘したように自分も徳川埋蔵金を発見するんだって息巻いていました」

やっぱりミサキさんは本当は村木老人の資産の事を知ってたっぽい。

「なるほど。最後まで研究心を忘れないその姿勢には敬意を表する」

「ありがとうございます」

「だが」

喜多川先生の目がキラリと光った。

「ないものはない」

喜多川先生がミサキさんに視線を投げつける。ミサキさんはその視線をまっすぐに受けとめ返す。

「どうして〝ない〟って断言できるんですか？」

喜多川先生は答えない。何を考えているのか読みとれない無我の境地とも言うべき表情に見える。

「そもそも村木さんは埋蔵金はどこにあると言ってたの？」

重苦しい空気になるのを避けるために僕がミサキさんに質問を発した。

「もちろん赤城山です」

「水野説か」

僕の発言が呼び水になった形で喜多川先生が言葉を発した。

「あら、ご存じなんですか？」

「もちろんだ。一見与太話に思える話題でも学問的に否定されない限り調べるのは学者の本能だ。また否定するにしてもきちんと検証して否定するのが学者の姿勢だ」

「立派です」

上から目線のミサキさん復活。

「埋蔵金ならテレビで何度も観ましたよ」

僕も当たり前のように参戦。

「やってましたもんね。埋蔵金スペシャルみたいな番組」

そこでは大がかりなプロジェクトを組んで赤城山を発掘しまくっていた。

「そのプロジェクトで底説としていたのが水野説だよな」

僕は水野説について説明する。

「水野家は赤城山麓で三代に亘って百年以上も埋蔵金を探し続けているんですよね」

「そうなんだ」

僕の知識はテレビの埋蔵金スペシャルからだけどミサキさんはおそらく村木老人から直接、レクチャーされているのだろう。喜多川先生の情報源は判らない。

「水野家で最初に埋蔵金発掘を始めたのは江戸で旗本の家に生まれた水野智義《ともよし》という武

士」

「渋沢栄一にも認められた一廉《ひとかど》の人物だったようですね」

「らしいね。その水野智義の家の向かいに住んでいたのが幕府勘定吟味方の中島蔵人《なかじまくらんど》という武士だった」

「運命の出会いですね」

「そうなるね」

阿吽の呼吸。

「この二人は、いつしか交流を深めていったんだけど中島蔵人は会津戦争に参加した時に行方不明になってしまったんだ」

「まあ」

ミサキさんのわざとらしい合いの手。それも悪くない。村木老人に対して合いの手を入れていた時は癇《かん》に障ったものだけど、いざ自分がされると逆に心地よい。

(村木老人も、この手管にやられたのか?)

要らぬ事さえ考えてしまう。

「ところが、さすが運命の二人。中島蔵人は生きていて死ぬ間際に会いたいと水野智義に手紙を出すんだ」

「ワクワク」

そこまで露骨な合いの手だと馬鹿にされてる気もしないでもないけど。

「どんな手紙だね？」

喜多川先生に訊かれると途端に緊張感が半端なく増す。

「あの……〝幕府の重大な秘密を打ち明けたいので会いたい〟という手紙です」

「それで二人は会ったのかね？」

「会いました」

授業よりも緊張する。

「それで幕府の重大な秘密とやらを？」

「聞きました」

「それが？」

ミサキさんの答えを促すような質問にホッとした。

「徳川埋蔵金」

僕とミサキさんの阿吽の呼吸。

「中島蔵人は今際《いまわ》の際に水野智義にこう打ち明ける。〝私は在職中に徳川家の再興を図るために甲府の御金蔵から二十四万両を運んで赤城山中に埋めた。さらに藤原という者が江戸城内の御金蔵から三百六十万両を運びだして赤城山中に埋めた〟」

「三百六十万両……」

「現在の価格で三千億円とも二百兆円とも言われている」

「すごい……」

ミサキさんの口から甘い吐息が漏れる。

「やっぱり埋蔵金の話は本当だったんですね」

「ああ。現に水野智義は明治十年に赤城山を訪れて埋蔵金探索を始めるんだ」

「水野家は智義の後も三代に亘って埋蔵金を探し続けるんですよね」

僕とミサキさんで意気投合。

「どうやってその話が伝わったのかな」

「え？」

喜多川先生の横槍が入った。

「埋蔵金があるという中島蔵人の告白がどうやって現代にまで伝わったのかね？」

「それは……水野家に代々伝わっているんです」

「ふむ」

「そうか。逆に言うと伝えるものは水野家の伝承だけですね」

「え？」

まさかのミサキさんの裏切り？

「たしかに、その言い伝えには第三者の視点が欠けている」

「そうかもしれませんが」

僕は抵抗を試みる。

「でも伝承が本当だとも違っているとも証明のしようがないでしょう。証明できない以上、伝承を信じても良いと思います」

「安田くんに一票」

お。ミサキさんがあからさまに僕に味方。

喜多川先生を差し置いてちょっと複雑な優越感。

「君も埋蔵金が赤城山にあると？」

「赤城山にはないと思います」

「え？」

喜多川先生と同じ説？

〝安田くんに一票〟というのは嘘だったのか？

「埋蔵金があるという安田くんの説には賛成です」

あ、そこだけね。

「埋蔵金はないよ」

喜多川先生がこれだけ強く断言するところを見ると、ひっくり返す事の不可能な根拠があるに違いない。喜多川先生の下で学んでいる僕なら判る。

「どうしてないと言えるんですか？」

ミサキさんが挑戦的な目を喜多川先生に向けた。初めて見せるような鋭い目線だ。

「幕末期の江戸幕府は財政難だった」
Q.E.D.。
証明終了。喜多川先生は、たった一言で証明してしまった。

「そんな財政難の幕府が大金を隠す余裕はない」

駄目押し。

（哀れだ）

ミサキさんが哀れだ。こうまで完膚無きまでに叩きのめされたら。

「そんな時のために用意しておくのが埋蔵金なんじゃないですか」

叩きのめされてなかった。

「それに井伊大老は金の海外流出を危惧して御用金の埋蔵を計画したとも言われてるんですよね」

金銀の交換レートが海外では一対十五だったのに対して日本では一対五だったから諸外国が日本の黄金を狙っていた事は確かだ。

「では」

だけど喜多川先生は怯《ひる》まない。

「そんな時のために用意した埋蔵金を幕府は使ったのかね？」

「使う暇がなかったと思いますよ」

「使う暇がない？」

「はい」

ミサキさんは余裕の笑みを浮かべている。

「埋蔵金を管理していたのは勘定奉行だった小栗忠順ですよね？」

「そうなるだろうね。もし埋蔵金があれば、の話だが」

「無血開城のあった年に小栗は新政府によって処刑されています」

あ。

「小栗は捲土重来《けんどちょうらい》を期して準備をしようとしていたのかもしれません。でもその期を待たずに」

「処刑された」

ミサキさんの言葉を僕が引き継いだ。

阿吽の呼吸。

「計画を練ったとされる井伊大老も遥か前にこの世を去っていますし」

喜多川先生はしばらく黙っていたがやがて「なるほど」と言った。

「使う暇がなかったと」

「はい」

ミサキさんに皮肉は通用しないぞ。

「勝海舟の日記をご存じでしょう？」

「もちろん知っている」

僕も知っている。ミサキさんはおおかた村木老人にレクチャーされて知っているのだろう。

「勝海舟の日記に〝軍用金として三百六十万両あるがこれは常備兵を養うための金で使うわけにはいかない〟とあります」

「うむ」

「これは言い伝えじゃなくて記録でしょ？」

「たしかに」

喜多川先生が一本取られたのか？

（そして喜多川先生も埋蔵金の存在を認めたのだろうか？）

ミサキさんは続ける。

「『久能御蔵金銀請取帳』には〝家康が亡くなった時には久能山の御金蔵に二千両入りの金の箱が四百七十箱、約十貫目入りの銀の箱が五千箱近く残された〟とあります。これも記録ですよね？」

村木老人からの受け売りか？

喜多川先生は「うむ」と頷く。

「通貨に含まれる金の含有量を減らす通貨の改鋳によって幕府が得た利益は四百五十万両ともいわれています」

そんなに……。

「それなのに無血開城で官軍が江戸城に入った時、城内の御金蔵には千両箱はおろか小判の一枚もなかったんです」

「その通りだ」

「官軍は〝こんな馬鹿げた事が通用するはずがない〟と憤ります」

たしかに江戸幕府の御金蔵が空だったのは納得いかない。

「新政府に取られる前に隠したと考えるのが妥当です」

ミサキさんの言葉に喜多川先生は頷いた。

「幕府が三百六十万両もの軍用金を持っていた事は勝海舟を信じよう」

「ありがとうございます」

君は海舟の親戚か？

「明治新政府が探したぐらいだ。埋蔵金があった可能性は否定できない」

さすがだ。ミサキさんに言われるより説得力がある気がする。ミサキさんの説だけど。

「でも」

僕は考える。

「そうなると水野家に伝わる伝承も少なからず信憑性が出てきませんか？」

「そうだな」

喜多川先生に認められた。

「ただし伝言ゲームだ。水野家に伝わる伝承の元になった文言が実際には、どのようなものだったかは判らない」

「というと？」

「元になる文言はあった。だが、あまりにも年月が経っている。元になった文言は埋蔵金とは関わりのない話だった可能性もある」

「え？」

「幕府の御用金ではなくて水野家の隠し財産的なものかもしれないだろう」

それが長い年月が経つうちに埋蔵金の話に変化して伝わった……。

「埋蔵金の話だとしても噂を聞いただけで隠し場所までは知らなかった可能性もある」

「なるほど」

「だから赤城山には」

「赤城山には、ありませんよね」

埋蔵金はある。でも赤城山にはない……。

「どうしてそう思うのかね？」

喜多川先生が学生の知識を試すような口調で訊く。

「赤城山は江戸城から遠すぎますもの」

遠すぎる……。

「遠いですよね？　どのくらいの距離かしら？」

「直線距離で百キロ以上ある。車でも電車でも三時間ほどかかるだろう」

喜多川先生は調べた事があるのだろうか。

「だったら徒歩なら二十四時間歩き続けても着かないんじゃないかしら？」

「そうだろうな」

「そんな長い距離を運べないですよ」

そんな理由で……。

「埋蔵金は三百六十万両にもなるんでしょう？」

勝海舟の日記から、そう推測できる。

「だったら相当な重さですよね」

「小判の種類にもよるが慶長小判なら一両約十八グラム。千両だと十八キログラムという事になる」

「箱の重さもありますよ」

細かい。

「千両箱自体は五キロほどだろう。その箱に千両を詰めれば一箱の重さは二十三キロとなる」

「あたしじゃ持てません」

またカマトトぶって。

「一万両だと二百三十キロですよね。埋蔵金は推定三百六十万両ですから約八十三トンにもなりますよ。あたしフラッシュ暗算ができるんです」

フラッシュ暗算とはパソコンのディスプレイにフラッシュ式に出てくる数字を足し算するものだ。そろばん教室に通っていた友だちが練習していたような気がする。

それはともかく……。

いくら重くても人海戦術でなんとかなるだろ。だからミサキさんの説は……。

「一理ある」

喜多川先生……。

「多くの金を運ぶとなったら一人では無理だ。当然、大勢で運ぶ事になる」

それが人海戦術だけど……。

「そうなれば道中、人目につく危険性も高くなる」

そういう事か。

「ですよね！」

ミサキさんが〃初めて気がついた〃体で手を叩いた。

「それなのに道中の目撃情報が、ほとんどないですもんね」

「その通りだ」

二人とも〃赤城山に埋蔵金はない〃という点では意見が一致しているのか。

だけど二人の説を補強する意味でも確認しておくか。

「〃目撃情報がほとんどない〃という事は少しはあるんだよ」

喜多川先生の代わりに僕がミサキ説を潰しにかかる。

「埋蔵金発掘を始めた水野智義が明治十年に赤城山に足を踏みいれた時に泊まった旅籠で〃大政奉還が布告された年にこの村に数十人の武士団と百人以上の人足が箱をかついでやってきた〃って話を聞いてる」

「それだけ？」

「あ、いや」

「それも目撃情報の又聞きですよね」

僕は一言も返せない。

「伝言ゲームと同じで元の話は違っている可能性がありますよね？」

僕は頷くしかない。

「それに目撃者が一人しかいないというのも変です。人足が百人もやってきたのに」

そう攻めないでくれ。

「それに埋め場所の目撃情報があるのに道中の目撃情報が一つもないのも変です」

あ。

〝利根川を上ってきた船から何かを赤城山中に運んだ〟という目撃情報はあったけど、これも赤城山中すなわちほとんど現地の目撃情報だし。

「歩いて二十四時間以上もかかる道程ですよ。その道程を八十三トンもの荷物を運んだ団体の姿を途中で誰も見ていないなんて不自然です」

とどめか。

「それにですよ」

ミサキさんがグラスを一口、口に含む。グレンフィディックだろうか。

「赤城山は散々、掘り尽くしています。あれだけ大がかりな調査をしても見つからないなんて〝赤城山に埋蔵金はない〟ことの逆証明じゃないですか」

〝逆証明〟という言葉は意味がない。ただの〝証明〟でいいじゃないか。

(今は指摘しないけど。議論が中断されてしまうから)

大人の僕。

「たしかにその通りだ」

喜多川先生も気にしていないようだし。

「赤城山にないとしたら」

ミサキさんは一瞬、目を閉じた。

「どこにあると思います？」

ミサキさんは目を開けると僕を見た。
（ドキ）
僕は心の声を発した。

（新しい技か？）

目を閉じてから客を見る。それが意図的な技か偶然のなせる業か判らないけど、とりあえずミサキさんは喜多川先生にではなく僕に訊いている。そのことが嬉しい。

（ご主人が亡くなった心の寂しさを僕に慰めてもらいたいのだろうか？）

ふとそんな邪《よこしま》な考えが頭を過る。

（ここは全力で考えなければ。ミサキさんの気持ちに応えるためにも）

僕は頭脳をフル回転させた。

（赤城山は遠すぎる……赤城山は遠すぎる……）

もっと近いところだ。

一番近いところと言えば……。

「あ！」

僕は思わず声をあげた。

「どうしたの？　安田くん」

「わかった」

「え？」

「わかっちゃった」

「何が判ったのよ」

「在処《ありか》だよ。埋蔵金の在処」

「ホント？」

ミサキさんが目を輝かせた。

（やった）

僕でもミサキさんの目を輝かせる事ができる。

「どこなの？」

「盲点だった」

「盲点？」

「うん。灯台もと暗し。埋蔵金は一番近いところにあったんだ」

「だから、どこなのよ」

ミサキさんが少しイライラしている。

(焦《じ》らすのもまた楽し)

僕はほくそ笑みながら答えを言う。

「江戸城の中」

「江戸城?」

ミサキさんが素っ頓狂な声を出した。

よっぽど驚いたらしい。

(そりゃそうだろう)

誰も考えた事のない新説だ。しかも盲点を突いている。

「今の皇居だよ。ここなら見つからないのも無理はないだろ?」

「え?」

「江戸城の中だったら新政府が真っ先に探してるわよ」

「その通りだ」

どーゆーこと?

「新政府も埋蔵金の噂は知っていた」

「あ」

「隠し場所としては真っ先に江戸城内が疑われる」

　盲点じゃなかった……。

「江戸城を自由に探索できる新政府が探して見つからなかったんだ。埋蔵金は江戸城内にはない。少なくとも現在の皇居の中にはない」

　安田説あっけなく崩壊。

　それもミサキさんと喜多川先生の連係プレイによって。

（今まではミサキさんは村木老人との連係プレイに頼っていたけど今日は喜多川先生との連係プレイか）

　待てよ……。

（ミサキさんは、ひょっとして親父殺し？）

　いや若い僕の心も捉え始めている。

（魔性の女か）

　そんな言葉が頭を過る。

「でも……だったら埋蔵金はいったいどこに？」

　根本的な疑問に立ち返る。

「そうですねえ」

　ミサキさんは左手の人差し指を立てて顎の下に当てた。

思わずミサキさんを応援したくなった僕をお許しください。

「安田くんの言うように埋蔵金が江戸城の近くにある事は間違いないと思うんです」

さりげなく僕に（あるいは単に客に）寄り添う姿勢を見せるミサキさん。

「近くなら目撃情報がなくても不自然じゃないですもんね」

その通りだ。

「とはいっても埋蔵金は三百六十万両あります。どこかに運ぶとなるとやっぱり大ごとです」

「素手では無理だろうし荷車を使っても目立つだろうね」

「そうなんです」

「やっぱり船か」

「ですよね！」

ミサキさんがはしゃいだ声を出す。意図的だとしても悪い気はしない。

「きっと船で運んだんだわ。近くだとしても夜の船だったら道を運ぶより目立たないでしょうし」

「たしかに江戸城の脇には隅田川に繋がる日本橋川が流れている」

喜多川先生がミサキさんをアシスト。なんだか全員で埋蔵金の在処を探索している気持ちになってきた。

「その川を下って人目につかなそうな空き地を見つければ」

「誰もが見る事ができる空き地に埋めるのはさすがに危険すぎます」

江戸城の近くとはいえ空き地では誰に見られるか判ったものじゃない。それに埋めた後に近所の子供たちに偶然、発見されてしまうかもしれない。

（たしかに危険すぎる）

だったらいったい……。

「塀に囲まれた場所に埋めたと思うんです」

「なるほど」

いつの間にかミサキ説を認めている僕。

「塀に囲まれた場所で最も安全なのは江戸城内だが？」

喜多川先生も〝塀の中〟に参戦。

「でも江戸城内にはなかった」

新政府が確認済み（と評議委員会が認定）。因みに評議委員会とは喜多川先生と僕とミサキさんの三人だ。僕の頭の中だけの委員会だけど。

「江戸城以外で塀に囲まれた場所って誰かの屋敷とか？」

「ですね！」

ミサキさんが目を輝かせる。ミサキさんは目を自由に輝かせる技を会得しているのだろうか？

「安田くんの言うように誰かの屋敷の中ですよ！　安田くん、お手柄です」

「だが」

ミサキさんにベタ褒めされて有頂天になりかけた僕に喜多川先生が冷水を浴びせる構え。

（よかった）

悪の道に引きずり込まれる僕に救いの手をさしのべてくれた。

そう思いたい。

「江戸城以外の屋敷だと屋敷の住人が外部に漏らす危険が生じる」

「もちろん、そうですよね」

喜多川先生が繰りだす的確なジャブを軽くいなすミサキさん。

「だから屋敷の住人は幕府の息のかかった人物じゃなくちゃいけないと思うんです」

「だが幕府重鎮は真っ先に疑われるだろう。江戸城内じゃなくても探索される危険もある」

「それも限度があると思うんです」

「限度？」

「ええ。幕臣は数多くいます。その多くは江戸城の周辺に住んでいるでしょう。それらを虱潰《しらみつぶ》しに探すのは無理があります。現実的ではありません」

「その通りだ。だが、あまり幕府の中心から離れた人物だと情報を漏らしてしまう危険もまた生じる」

「だから幕政の中心にはいなくても確実に幕府に忠誠を誓える人物」

「たとえば？」

「将軍の家系に連なる人物。もしくはそれに近い江戸幕府開闢《かいびゃく》からの大名家あたりかな」

「徳川御三家とかは、まさに幕政の中心だから該当しない。そうなると……」

「松平姓の人物とか」

松平姓……。

そうか。徳川家の出自は松平。

「松平か」

喜多川先生も納得か。

「松平家は、もともと三河国松平郷を治める家柄だった」

「現在の愛知県豊田市松平町辺りですね」

ミサキさんは先刻ご承知か。

「そうなるな。史料で存在が確認できるのは室町時代の三代目当主、松平信光から。その六代後が松平元康すなわち後の徳川家康だ」

「徳川家康は徳川家および幕臣たちにとって権現様、すなわち神と同義ですよね」

僕の脳裏になぜか北大路欣也の顔が浮かぶ。

「だったら松平姓の人なら徳川幕府の意向に背く事は神に背く事になりますから絶対の忠誠を誓うはず」

だろうな。

「埋蔵金を埋めるときは誰にも見られないように、ある程度の立派な塀が必要ですから松平姓の人なら徳川家の縁者ですから立派な塀を持つ屋敷に住んでいますよね」

「そうだろうな。だが」

喜多川先生は少しも慌てていない。

「徳川家と繋がりのない松平姓もいる」

「え、そうなんですか?」

ミサキさんがキョトンとしている。

「前田、島津、伊達など有力外様大名十三家にも松平姓が与えられている」

「そうだったんだ」

少し気落ちした様子のミサキさん。

「それに出自は三河の松平でも分家の分家となってゆくと三河からも江戸からも離れて

いる」

「つまり縁が薄くなってゆく」

僕が喜多川先生をアシストする。本来の役目を思いだした。

「そういう松平姓は、どこまで忠誠心を保てるか」

「人の心は移ろいますからね」

アシスト第二弾。

「そうですねえ。だったら同じ松平でも三河出身の松平じゃないと安心して埋蔵金の隠し場所を託せないかもしれないですね」

「そういう事だ」

「そういえば暴れん坊将軍も松平健が演じてますもんね」

それは関係ないだろ。

「だが、ここにジレンマが生じる」

ジレンマとは二つの選択肢があって一方を採ると、もう一方が成りたたなくなるような状況のことだ。平たく言えば板挟み。

「忠誠心を期待できそうな松平姓の人物は当然、新政府からも目をつけられるだろう」

「あ、そうか。新政府に疑われてバレちゃう危険が生じますよね」

「その通りだ」

「忠誠心を期待できない松平には安心して埋蔵金を託すことはできない。逆に忠誠心を期待できる松平は新政府から目をつけられる」

さあ、どうする。

「三河出身だけど幕府とは距離を置いている松平がいればいいんですけどねえ」

「距離を置いている？」

「ええ。距離を置いて、ひっそりと暮らしているような人物です」

「そんな都合の良い人物がいるかね？　江戸城の周りに立派な居を構え徳川家に絶対の忠誠を誓い、しかも幕府とは距離を置いて新政府からも目をつけられにくい人物など」

「安田くん」

「は、はい」

「江戸の古地図を出して」

僕はミサキさんの弟子か。しかも江戸の古地図なんて……。

「持ってるでしょ」

「あ」

持ってる。

「今日は喜多川先生が〝江戸時代の新宿〟っていう講演をなさったでしょう？　駅に貼ってあるポスターを見ました」

相変わらずチェックは怠りない。

「愛弟子の安田くんなら絶対に古地図を持ってるって思ったの。鞄が膨らんでるから資料がたくさん入れてあるっぽいし」

図星だ。この辺りの洞察力は相変わらず鋭い。スマホには古地図のアプリも入ってるけどリアル書籍も欠かせない。

「その古地図で江戸城の周辺を見てくれない？」

「あ、はい」

僕は慌てて鞄から古地図を取りだしてミサキさんに言われた該当ページを探りだす。

「この辺りですね」

「見せて」

僕は抵抗なくミサキさんに古地図を渡した。

完全に主導権を握られている。

喜多川先生は憮然とした表情でロックを飲んでいる。

（いつの間にビールからウィスキーに変えたんだ？）

それにも気づかなかった。

因みに憮然という言葉は今は〝怒りや不快感〟を示す言葉として使われていると思うし僕もその意味で使ったけど本来は〝失望してボンヤリ、あるいは驚愕して呆然〟とする様子を示す言葉だったようだ。

「おいしい」

ミサキさんが熱心に古地図を見ながらロックを飲んで呟いた。

(完全に商売を忘れてるんじゃないか?)

まあいいか。今夜で最後なのだから。

僕はミサキさんの行為を不問に付して古地図を見つめる彼女の目の動きを追う。

「あ」

声と共にミサキさんの目の動きが止まった。

「どうした?」

喜多川先生がミサキさんに訊いた。

「ありました」

誰も言葉を発しない。

「何があったのかね?」

「埋蔵金が埋められている場所です」

店内に緊張が走る。

「どこだね?」

喜多川先生が重ねて訊く。

「このページ」

ミサキさんが古地図を開いたままカウンターの上、僕と喜多川先生の間に置いた。

僕は開いたページを見た。中央に江戸城が描かれている。

「川に沿って下ってゆくと」

ミサキさんはページをめくった。

「このページです」

僕は開かれたページを丹念に見た。

「このページは一八六四年増補改正の〈麴町永田町外桜田絵図〉だな」

喜多川先生の言葉にミサキさんは「はい」と応えた。

「江戸城のすぐ北に日本橋川が西から東へ流れていますね」

僕も遅れてはならじと古地図アプリで確認して発言する。

「松平姓の家がいっぱいあるんだけど」

松平越前守、松平越中守、松平土佐守、あるいは松平鷹吉や松平泰三郎といった個人名と思しき家もある。

「江戸城から近いところ」

「だったら前のページだよ」

僕はページを戻る。

「ほら。松平弾正忠って家が近い」

「川沿いじゃなきゃダメですよ」

「あ、そうか」

僕はページをまた戻る。一八六三年再刻〈八町堀霊岸嶋日本橋南之絵図〉。

「あ」

僕は声をあげた。

「ありました？」

「あった」

江戸城から近くて川沿いで松平姓の屋敷が。

「松平和泉守の屋敷があるでしょ」

「はい」

たしかに松平姓だけど……。

（和泉守って誰だっけ？）

覚えがない。

「松平和泉守は徳川と近いのかね？」

そうだ。いくら松平姓でも外様だったら……。

「松平和泉守は三河国の藩主の長男ですね」

「三河国の藩主の長男……」

「井伊直弼の推挙で老中になっています」

喜多川先生は無言で頷いている。納得しているのだろう。徳川家康は三河国の出身。三河国の藩主の長男なら忠誠心は筋金入りだろう。

「だが」

喜多川先生の眼光が強さを増した。

「それだけに幕府と距離が近すぎる」

「そうでしょうか」

なぜ怯まない？

「老中だった松平和泉守は一八六〇年の桜田門外の変で井伊直弼が暗殺された後は閣内での影が薄くなって同年に老中を辞任しています。その二年後には減封すなわち所領を削減されて隠居を命じられます」

「隠居……」

「これなら〝ひっそりと暮らしている〟という条件に合いますよね？」

たしかに。

「しかし幕府は減封した臣下に埋蔵金を託すだろうか？」

「そういう相手だからこそ疑われずに済むんじゃありませんか」

喜多川先生は咄嗟に反論の言葉が出てこないようだ。

「隠居を命じられただけで武士の身分を取りあげられたわけでも改易されて領地を没収されたわけでもありません。減らされただけです。まして、お家断絶や処刑されたわけじゃないんですから幕府の密命を受ければ命に代えても遂行するんじゃないでしょうか」

そういう幕臣がいても、まったくおかしくない。

「幕府にとっても埋蔵金を託すのに、うってつけの相手だったと思います」

「だったら、この屋敷を掘れば」

「ここ掘れワンワン。大判小判がザックザク」

ミサキさんはニコッと笑って「埋蔵金がザックザク」と続けた。

「掘れるのかね？」

喜多川先生が訊く。

「え？」

「松平和泉守の屋敷だよ。まさか今も屋敷が残っているわけではあるまい」

「そうですね」

ミサキさんはカウンターの端まで移動してカウンターの上に置かれている数冊の雑誌の中から一冊を取りあげた。

「あれ？」

「何？」

「その雑誌」

「これはずっと定期購読している雑誌よ。読みたい？」

あの雑誌は前に僕が読んだ村木老人の記事が載っていた雑誌だ。

（やっぱり、あの雑誌は村木老人の代わりに置いてあるのかな）

そう思ったけど、いま読みたいわけじゃない。

「いや」

「そう」

ミサキさんは雑誌を戻した。

「こっちだったわ」

ミサキさんが取りあげたのは大判の東京都の地図だった。

「現在の地図よ」

ミサキさんは地図を開く。

（あれ？）

一つの疑問が僕の胸に生じた。

（ミサキさんは、その雑誌を定期購読しているのなら以前に載っていた村木老人の記事も読んだんじゃないかな？）

村木老人が資産家だっていう記事。

（でも買った雑誌の記事をすべて読むわけじゃないだろうからな）

たまたま読まなかったのかもしれない。

僕は村木老人のインタビュー記事の内容も少し思いだした。いま雑誌を見て記憶が甦《よみがえ》った。

（たしか〝私は自分では料理をしないけど食べる事は大好きで〟といった感じの内容だった）

それなのに自分でフグを捌《さば》いて死んでしまうなんて。

つくづく不運な人だ。

（でも……）

なんだかおかしい。

（普段、料理をしない人がフグを捌こうなんて思うだろうか？）

よっぽど好きだったんだな。三津五郎も〝もう一皿、もう一皿〟って催促したそうだし。

（もっとも三津五郎は料理人が捌いたフグだったけど）

とつぜんミサキさんのケタケタ笑いが脳裏に瞬いた。つまみに〝フグの刺身です〟と冗談を言ったときのケタケタ笑い。あれは……。

「このページね」

　ミサキさんがページを繰る手を止めた。

「古地図と重ね合わせてみましょうか」

　そう言うとカウンターの前に開いたページを置いた。喜多川先生も古地図の該当ページを開いて隣に並べる。

　僕は頭の中の邪念を追い払って二つの地図に視線を集中させる。

「これは……」

「東京証券取引所ね」

　江戸時代の松平和泉守の屋敷跡は現在では東京証券取引所になっていた。

「この東京証券取引所のビルは何階建てかな？」

　ふいに喜多川先生が訊いた。

「ええと」

　僕はスマホで検索する。

「十五階建てです」

「ならば建築の際に土台を地中の奥深くまで掘ったはずだ。ここに埋蔵金が埋められていたのなら、その際に見つかってるはずだが？」

喜多川先生は諦めてはいなかった。

（まさかの大逆転！）

これにはミサキさんも反論の余地はないはず。

「いや、この屋敷跡だけじゃない。江戸城すなわち現在の皇居の周りはビル街だ。道路は高速道路や幹線道路。それらを造る時に工事も大々的に行われているだろう。地下深く掘ったはずだ。埋蔵金が残っている可能性はない」

やられた。ミサキさんが。まさかの大逆転のとどめの一撃。

僕はミサキさんを見た。

「屋敷跡が、そのままスッポリ東京証券取引所になったのかしら？」

「え？」

ミサキさんの粘り腰は凄い。

「当時の武家屋敷って広いですよね。東京証券取引所は屋敷の一部で屋敷全体は、もっと広い可能性もありますよ」

僕は地図を確認する。

「ホントだ」

古地図と現在の地図を照らし合わせてみると東京証券取引所は松平和泉守屋敷の一部に過ぎない。

「つまり埋蔵金は松平和泉守屋敷跡の東京証券取引所以外の場所にあるんです」

「どこだよ」

「ビルが建っていない場所はありませんか？　屋敷の跡地で」

「ええと」

僕はもう一度、地図を見る。ミサキさんも覗きこむ。

「安田くん。ここに神社があるわよ」

「あ」

たしかに松平和泉守屋敷跡地に証券取引所の他に神社がある。

「兜《かぶと》神社ね」

「兜神社？」

「お金の神さまを祀《まつ》っている神社よ」

「お金の神さま……」

「神社の地面はコンクリートじゃないわよね」

「その神社なら知っている」

喜多川先生が言った。

「もちろん境内《けいだい》は土の地面だ。コンクリートではない。ビルも建っていない」

「だったら」

「日本橋兜町は日本の金融取引の中心地だ。その中心地で兜神社はお金を守っている」

「お参りする人たちのお金と……もしかしたら埋蔵金もずっと守っているのかもしれませんね」

ミサキさんは僕と喜多川先生にカクテルを差しだした。

ほんのりと赤みがかったオレンジ色が輝く美しいカクテルだ。

「これは?」

「ゴールデンデイズです」

ゴールデンデイズ……黄金の日々……。

「ジンが3、ピーチリキュールが2、オレンジジュースが1。それをシェイカーでシェイク」

ミサキさんは自分にもゴールデンデイズを作ってカクテルグラスに注いだ。

「おいしい」

一口飲んだ僕は思わず呟く。

「甘くておいしい」

「でしょう? でも意外にアルコール度数が高いから気をつけてくださいね」

そう言うとミサキさんはゴールデンデイズを呷《あお》るように飲んだ。ミサキさんの白い喉が怪しく蠢《うごめ》くのを僕は見つめていた。

《主な参考文献》

＊本書の内容を予見させる恐れがありますので本文読了後にご確認ください。

『ワニと龍』青木良輔（平凡社新書）
『応仁の乱』呉座勇一（中公新書）
『天草四郎の正体』吉村豊雄（歴史新書y）
『加賀百万石異聞　高山右近』（北國新聞社）
『あるとしか言えない』糸井重里＆赤城山埋蔵金発掘プロジェクト・チーム編（集英社）
『嘉永・慶応　江戸切絵図』（人文社）
『東京時代MAP　大江戸編』新創社編（光村推古書院）
『勝海舟全集18』（勁草書房）

＊その他の書籍、および新聞、雑誌、インターネット上の記事など多数参考にさせていただきました。執筆されたかたがたにお礼申しあげます。ありがとうございました。

＊この作品は架空の物語です。

本書は二〇二一年十月小社より単行本刊行されました。

双葉文庫

く-21-03

徳川埋蔵金《とくがわまいぞうきん》はここにある

歴史《れきし》はバーで作《つく》られる 2

2024年11月16日　第1刷発行

【著者】

鯨統一郎《くじらとういちろう》

【発行者】

箕浦克史

【発行所】

株式会社双葉社

〒162-8540 東京都新宿区東五軒町3番28号

［電話］03-5261-4818（営業部）　03-5261-4831（編集部）

www.futabasha.co.jp（双葉社の書籍・コミックが買えます）

【印刷所】

大日本印刷株式会社

【製本所】

大日本印刷株式会社

【カバー印刷】

株式会社久栄社

【DTP】

株式会社ビーワークス

【フォーマット・デザイン】

日下潤一

ISBN978-4-575-52808-4 C0193

Printed in Japan